# 太宰に出逢う旅

池上健二

ゆいぽおと

# はじめに

この本を手に取っていただきありがとうございます。本屋さんにある膨大な数の本の中から見つけていただいたのですから、あなたはきっと、太宰治に少しでも関心がおありになる方なのだと想像します。私も太宰治が大好きです。どこに魅かれるかと聞かれても、とてもひとことでは言い表せません。ひとことで言えないので言葉を探して、積み重ねて、その化学反応も期待しながら、なんとか伝えたいと願い、この本の後半の作品、「太宰に出逢う旅『津軽へ』」を書きました。この作品は旅の小説です。以前、心酔する作家太宰治の息遣いを感じたくて、生家がある津軽へひとり旅をしました。その旅先で感じたことや、人々との触れ合いをロードムービーのようなストーリーにしました。そして、この作品は、旅の記録であると同時に、私の心の旅の記録でもあります。そのため、行程のときどきで途中下車するように、話が脱線するかもしれません。話がなかなか前に進まなくて、いらいらされるかもしれません。しかし、鈍行列車の気ままなひとり旅だからと、ご寛容な気持ちで読んでいただけるとありがたいです。

太宰は不思議な作家です。亡くなってすでに七十年近く経つのに、その言葉や存在は色褪せるどころか、さらに輝きを増しているように感じます。もしかすると、希望を抱けない近年の世相が反映しているのかもしれません。自分を取り巻く人の世界に、溶け込めなくて、孤立して、自分の居場所がなくて、逃げ込む隠れ家もなくて、厭世観や絶望感だけに支配されている人が、（唯一の）救いを求めるものが文学です。自分自身、そんな気持ちになったとき、太宰が遠くの方で手招きしているように感じるのです。

この本の前半は、六十一のコラムで構成されています。私は名古屋第二赤十字病院で管理局長として勤務し、毎月の院内報「やまのて」にコラムを連載しています。二〇一一年から二〇一五年まで掲載したコラムを、「言葉を探す旅」というタイトルにしてこの本にまとめました。「言葉を探す旅」とつけた理由は、千字程度の短いコラムを、毎月、一語一語、言葉を探しながら紡いできたからです。それは、まるで各駅停車の旅のようなものです。太宰のように、人の心を鷲づかみにして揺さぶるような文章を書きたいといつも願ってきました。それは、目標と言うには、とてつもなく遠い場所だと知っていても、毎回、太宰に出逢いたくて果てしない旅に出てしまうのです。文章を書くことは、自分にとってそれほど魅力のあることなのです。言葉に詰まると、太宰の次の言葉を思い起こします。「私は一日五枚も書くと大威張りだ。模写が下手だから苦労するのである。語彙が貧弱だから、ペンが渋るのである。遅筆は作家の恥である」（『もの思う葦』「自作を語る」）。太宰ほどの天才にしてこの言葉。勇気が出ます。カオスのような文章の森に迷い込みながらも、とにかく出口を探そうという気にさせてくれます。

この本をお読みいただいた方に、少しでも私の中にある太宰への憧れや、文章を書くことへの情熱を感じ取っていただけたなら、作者としてこんなうれしいことはありません。

二〇一六年二月

池上健二

# 太宰に出逢う旅　もくじ

## 2013年



## 2014年



## 2015年

## 太宰に出逢う旅「津軽へ」



## 太宰文学の魅力

# 言葉を探す旅

# 2011年
## （平成23年）

◎は世の中の出来事　〇は八事日赤の出来事

◎東日本大震災発生　未曽有の大被害をもたらす
◎福島第一原発が緊急停止後、水素爆発
◎サッカー女子W杯で「なでしこジャパン」が初の世界一に
〇東日本大震災、被災者救援等に8月末まで延べ二百二十七名の職員を派遣

### ツカミタイ！

最近の企業ＣＭでうまいなあと思うキャッチ・コピーがあります。学校法人モード学園のシリーズです。「好きなことでなら、闘える」、「昨日の私と思うなよ！」、「なりたくない自分に、なるな」などです。どれも短いセンテンスでストレートに訴えかけてきます。

そして、今一番すごいと思うコピーは、同じモード学園ＨＡＬの『ムリだ』と笑うヤツを、笑え」です。これを初めて読んだとき、心をわしづかみにされました。根性とか信念とか執念などの言葉が死語になりつつあるこの時代に、このふてぶてしさはどうでしょう。学校なので、呼びかける対象は若い人たちだと思いますが、このコピーがクールな世代の心にどのように響くのか気になります。

コピーライターの鈴木康之氏は、広告コピーの教室で学生から「一行目はどうやって書

けばいいんですか」と質問され、「二行目を読みたくなるように書くことだよ」と答えたそうです（『名作コピーに学ぶ読ませる文章の書き方』日経ビジネス文庫）。まさに金言だと思います。この忙しい現代で、わかるまで、何度も何度も読み返してくれる読者など稀れでしょう。我々のビジネスシーンでも同様、企画書、報告書は最初が難解だともう読みたくなくなります。はじめに「つかめるか」どうかが勝負です。

さて、私事ですが、このたびこのシリーズで書いてきたコラムを一冊の本にまとめて出版することになりました。本のタイトルは「夢をはこぶ舟」です。コラムのひとつ「夢を運ぶ舟」から取りました。小児科病棟の子供たちと建築会社の方との心温まるエピソードを題材にした一作です。当院や本全体のイメージにも合うと思い決めました。どの本屋に置いてくれるかは、出版元（ゆいぽおと）との相談ですが、少なくとも院内のコンビニには置いてくれるのではないかと思います。二〇一〇年十二月十日、初版発行です。よかったら手にとってみてください。

最後に、この本が読者の皆さんの心をつかめるのかどうか、とても不安です。でも、できれば「ムリだ」と笑うヤツを笑えたらと思います。それは他ならぬ自分自身のことですが……。

（注：二〇一〇年、一作目の本を上梓したときに書いたコラムです）

## はやぶさの奇跡再び

昨年（二〇一〇年）は、景気低迷、政治不安定などを背景に、世の中に閉塞感が充ちていた。しかし、そんな暗い世相のなか、世界中を沸かせたニュースもあった。

小惑星探査機「はやぶさ」の宇宙からの奇跡的な帰還である。小惑星「イトカワ」から砂のサンプルを採取するという難しいミッションを立派に果たしての帰還だ。しかし、宇宙開発面の成果だけなら国民をここまで感動させることはなかった。私たちが喝采を送ったのは、「イトカワ」のサンプル採取成功から地球帰還までの「はやぶさ」の波乱に満ちた軌跡である。エンジンからの燃料漏出、姿勢制御不能、通信途絶、エンジン停止の危機など、繰り返し襲いかかるトラブルを克服して、見事地球への帰還を果たした。そのプロセスはまさに映画のシナリオのようだ。発射から七年間、総航行距離六十億キロの末に「はやぶさ」は地球に戻ってきた。いや実際に地球に着陸したのはサンプルカプセルのみで、「はやぶさ」は大気圏突入時に燃え尽きた。最後の使命を果たして安堵するかのように美しく輝きながら。はやぶさプロジェクトマネージャーの宇宙工学者川口淳一郎氏は、著書「はやぶさ、そうまでして君は」（宝島社）で、「成長した自分の子どもが帰ってきたようで、とても『はやぶさ』を機械とは思えない。特別な存在となっていました」と語っている。きっと国民の多くが同じ気持ちを抱いたに違いない。「はやぶさ」が持ち帰った微粒子の解析により、太陽系や地球の起源が解き明かされていくことを祈りたい。

さて、宇宙開発のニュースと言えばもうひとつ。金星探査機「あかつき」の金星軌道投入失敗だ。エンジンを逆噴射してスピードを緩め、金星の軌道に乗る予定だったが、トラブルによりそのまま太陽の軌道に乗ってしまった。今は金星からどんどん遠のいている状態だ。再び、金星に近づくのは六年後だという。そのときが、再度金星の軌道に乗るチャンスらしいが、機器の劣化防止や燃料の問題など乗り越えなければならない課題がいくつもあるようだ。

しかし、私たちはどうしても夢を見てしまう。六年後は長いようで、私たちの多くが確認可能な近い未来だ。ミッションに失敗したあと、ひとりぼっちで、真っ暗な宇宙空間をさまよい続ける「あかつき」に、「はやぶさ」の奇跡再びと願うのは私だけだろうか。前述の川口氏も同書で言っている。「最悪ということは、次に変化があるとしたら、間違いなくプラスの変化。どんなに冬が厳しくても、その先には必ず春が待っている」。

### 門は閉ざされた

長崎県諫早《いさはや》湾の「潮受け堤防排水門」の開門をめぐる問題が、福岡高裁の控訴審判決により新しい局面を迎えた。判決は、佐賀地裁の一審判決を支持、「排水門の五年間常時開放」

を命令したもので、国は上告を断念し判決が確定した。

閉門は、諫早湾の干拓事業計画に基づくもので、その目的は高潮・洪水などに対する防災機能の強化と、灌漑《かんがい》用水が確保された優良な土地の造成にあった。一九九七年四月、俗にギロチンと呼ばれる潮受け堤防が閉められ、以降十四年近く有明海は密封されてきた。閉門が自然環境に与える影響は予想以上に大きかった。海苔の色落ち・漁獲高の減少、二枚貝など生物の減少、赤潮発生などが問題として浮上した。

一方、干拓地の農業従事者は門を開くことに断固反対している。農地を潤す調整池に海水が入ると干拓地の農業用水に使用できなくなるからだ。また、防災上の問題も取りざたされている。「干拓地農業」、「防災行政」、「漁業」、「生態系」、「自然環境」など、それぞれの立場での各主張にはどれも正当性が感じられる。簡単にこうあるべきだと決められない問題である。

さて、次元の違うステージとはいえ、当院もこの一月二十四日に正面玄関を一時的に封鎖した。昨年から始まった外来改修工事の工程上やむをえない処置だ。平成二年の新本館棟竣工以来、夜間休日を除いて完全に閉鎖するのはこれが初めてで、再びオープンするのは五月下旬の予定だ。外来患者さんや来訪者にはその間、第三病棟の警備防災センター横の出入り口を使用していただくこととなり、たいへんご不便をおかけしている。

さらに、一時的に料金計算センターと会計窓口を正面玄関横に移設したため、封鎖当初、ロビーは大勢の外来患者さんたちであふれた。その様子は、突然海をせき止められてとまどう魚たちが回流しているかのようだった。その後、案内表示をより充実させ、日々職員が誘導に奮闘してスムーズな流れをつくった。

排水門を閉鎖した有明海では、潮流変化と、浄化能力がある干潟を失ったことにより水質変化が起きた（長崎大学　東幹夫教授の調査）。正面玄関を閉じた当院でもその影響は想定以上に大きい。しかし、より機能的で美しい病院に生まれ変わる日は確実に来る。開門の日をめざして、みんなで乗り切っていこう。

## 代表作「伝説のボレー」

サッカーの日本代表がアジアカップで激闘の末、四回目の優勝を飾った。昨年のワールドカップにも劣らない感動を与えてくれた。開催地が日本サッカー悲劇の地、カタールのドーハだったということにも、古いサッカーファンは特別な感慨を抱いたことだろう。優勝したあと、複数の職員から「コラムを期待していますよ」と声をかけられた。サッカージャーナリストを自認する私としてはうれしい限りだが、これは院内報のコラムだ。戦術的な解説は自粛して、違う視点で書いてみたい。

決勝戦、オーストラリアの高さとフィジカルの強さに次第に劣勢となってきた延長前半九分、フォワードの核として使い続けてきた前田遼一に代えてザッケローニ監督は、李忠成を入れた。李は初戦のヨルダン戦に途中出場したが一本もシュートを打てず、その後出場機会はなかった。しかし、監督は李の使いどころをずっと模索してきたのだ。そして、運命の延長後半四分、李は美しすぎるゴールを決めた。きれいに逆スピンのかかったボールがゴールに吸い込まれると、李は雄叫びをあげてベンチに向かって走り出した。彼を途中で引き倒そうとするチームメイトたち。手荒い祝福の輪が解けると、再び叫びながら走り出し、夜空に矢を放った。そのとき、少しうるんだ彼の目には何が映ったのか。私には喜びと哀しみが同居しているように見えた。どこかで見たことがあるまなざしだと思ったら、ブルース・リー（李小龍）が映画の格闘シーンで敵を倒したときに見せる哀しいまなざしだと思い出した。李の脳裏にあったのは、在日韓国人四世として日の丸を付けて戦うまでの道のりなのか、期待に応えられずベンチに甘んじてきた自分のふがいなさへの憤りだったのか。試合後、李は自らのブログで『俺がヒーローになるんだ』と自分に言い聞かせながら常に自分を信じ続けピッチに入りました」と語っている。

芸能界、歌謡界、文学界、どの世界にも代表作で歴史に名を残す人がいる。日本サッカー界でもそうだ。一九八五年ワールドカップ予選の韓国戦、木村和司の伝説のフリーキックのように、李のこのゴールもすでに伝説になりかけている。

大辞林で「代表作」と引いてみる。そこには「その作家の特色が最もよくあらわれ、芸術的価値を世に認められている作品」とある。まさに、あの夜の李のゴールは、李忠成の代表作となるだろう。なぜなら、いつもぎりぎりのところで勝負してきた彼らしい、わずかな出場時間での試合終了間際のゴールであり、そして何よりもその弾道の美しさは十分芸術的価値があるからだ。

## 非日常の黒いライン

三月十一日に発生した東日本大震災では、多くのカメラが被災地に入り数え切れないほどの映像を撮った。それらは新聞、雑誌、TV、ネットに載せられ、観るものを驚愕させた。私が目にしたのはそのほんの一部にすぎないが、ある一枚の写真を見たとき、衝撃で目が釘付けとなった。

三月十九日付け、中日スポーツ紙の二十一面。「死者六九一一人、阪神大震災上回る」の見出しの下の大きなカラー写真だ。鈍い鉛色の津波が海岸の堤防を今まさに乗り越えようとする瞬間をとらえている。場所は岩手県宮古市新川町、撮影したのは市の職員だ。すでに波の一部は高い堤防を乗り越え、海岸沿いを走る国道一〇六号線に落ち爆裂している。黒い波の中には銀色の車が二台横転し自然の脅威に翻弄されている。写真の津波の部分を手のひらで隠せば、まだ何事も起きていない国道が乾いた路面を見せている。いつもどおりの日常がある。しかし、津波の先端の泥しぶきはもう目の前に迫っている。日常と非日常を分ける黒いラインは、勢いと破壊力を増して次の瞬間、静かな町に襲いかかっていく。

この思わず「時間よとまれ」と祈りたくなる一枚には続きがあった。連写で撮ったのだろう、その0コンマ何秒後の写真がサンデー毎日緊急増刊「東日本大震災」の見開きカラー写真として掲載された。黒い波はすでに国道を消し去り、泥しぶきをあげながら国道に面する飲食店に迫っている。今この瞬間は無傷の赤い看板と風になびくのぼりが哀しい。国道へ出る小道の停止線の「止まれ」の白文字がむなしい。非日常の黒いラインは、このあと時間の経過とともに、東北の太平洋側のいたるところで平穏な海辺の町を飲み込んでいったのである。

発災から一か月が経過した今も災害の全容がつかめきれていない。死者、行方不明者は二万八千人以上、避難所生活を送る被災者は十四万人にのぼる。出口すら見えない不自由な生活を強いられる被災者の皆さまの心情を思うと心が痛む。メディアは、第二次世界大戦、焼け野原からの奇跡の復興を例にあげて、国家レベルのダメージを受けた今回の震災からの復活、復興を謳う。本当の復興までは遠い道のりだが、まもなく東北へ美しい花のラインが訪れる。桜前線だ。非日常の黒いラインにおびえた被災者の皆さまの心が少しでも癒されれば幸いだ。

## 波ニモマケズ

Kさんは、「次に回る家に、『日赤さんが来てくれた』と言ってくるね」と告げて急な坂道を降りていった。私たち救護班は、Kさんの案内で石巻市雄勝町の、ある入り江の集落を巡回していた。Kさんはこの地区の民生委員だ。この五十軒ほどの集落で、どの家を巡回したらいいかすべて把握していた。しかし、彼女もまた津波の被災者だった。「ここが私の家」と、指差した二階建ては一階部分に波が通って修理しないと住めなくなっていた。

Kさんと出会ったのは前日だ。救護班が拠点にしている避難所の小学校の体育館にもう一か月以上避難されていた。避難所の炊き出し当番をされているという。私たちが翌日、この地区を巡回することを聞いたKさんは、「明日は当番がお休みだから案内してあげる」と道案内を買って出てくれたのだ。私は、お疲れなのにせっかくの休日をつぶしてしまってはと思ったが、結局はお言葉に甘えてしまった。おかげで、効率よく回ることができた。しかも事前に顔馴染みのKさんが話してくれているので、皆さん笑顔で迎えてくれた。入り江の小さな集落のコミュニティを強く感じた。Kさんにお礼を言って別れるとき、彼女の口から思わぬ言葉が返ってきた。「私も日赤の皆さんと一緒に自分の町を回れてうれしかった。ひとりだとなかなかそんな気になれなかった」。海の青さが心に染みた。

翌朝、他のメンバーと雄勝総合支所でのミーティングに出席した。支所と言っても、鉄筋コンクリートの建物は津波に洗われ使用不可能となっており、その前にプレハブを建て災害対策本部としていた。朝のミーティングには、地域の保健師さんたちが集まる。この朝も、四名の保健師さんが情報収集にあたっていた。すると、突然プレハブの引き戸が開いて、ひとりの女性が入ってきた。彼女を見た保健師さんたちは一瞬言葉を失ったが、次の瞬間、彼女に抱きつき「無事だったのね！」と涙ながらにお互いの無事を喜び合った。発災後、一か月以上経過した今も、誰かが大切な誰かを探している。今回の被害の甚大さをあらためて思った。

東北出身の童話作家、宮沢賢治は晩年「雨ニモマケズ」を黒い手帳に書き留めた。このあまりにも有名な詩は、厳しい自然の中で生きる東北の人々のたくましさ、しなやかさ、忍耐強さを表している。救護班で現地に行き、被災者の皆さんと接したとき、この詩の奥深さを実感できた。しかし、できるなら祈るような気持ちを込めて、一行加えたい。

「波ニモマケズ」と。

## RISING SUN 2011

星が流れるこんな日は

さびしさに泣きそうになる
祈りは夜のしじまへと
こだまして静かに消えた
ぼくは　ひとりぼっちで
暗闇に立ち尽くすけど
振り向けば　みんないる
手をつなごう　朝は来るよ

The Rising Sun
悲しみの海　明るく染めて
陽は昇るよ　いつだって

不安な日々に眠れずに
こころまで折れそうになる
きみは　ひとりぼっちで
暗闇にひざまづくけど
振り向けば　みんないる
手をつなごう　朝は来るよ

The Rising Sun
悲しみの町　まぶしく染めて
陽は昇るよ　いつだって

誰も　ひとりぼっちで
暗闇に立ちすくむけど
振り向けば　みんないる
手をつなごう　朝は来るよ

The Rising Sun
悲しみの海　明るく染めて
陽は昇るよ　いつだって
陽は昇るよ　どんな日も
陽は昇るよ　東から
東の空から

〜東日本大震災で被災された皆さまに一日も早く笑顔が戻りますように〜

## 献身のワンピース

ジグソーパズルのジグソーとは、糸のこぎりのことである。このパズルがもともと一枚の板を糸のこぎりで切って作られたことからその名がついた（ウィキペディア）。パズルを構成する部品（ピース）には複雑な凹凸がある。しっかりかみ合うピースを探して作品を作りあげていく。ピースの数が多ければ多いほど、また、作品の絵や写真がシンプルであればあるほど、ぴったりあてはまるピースを探すことが難しくなる。逆にそこがこのパズルの醍醐味で、困難であればあるほど完成したときの達成感も高まる。

その糸のこぎりの歯のように鋭く入り組んだ、三陸のリアス式海岸の町が、東日本大震災で壊滅的な被害を受けた。岩手県の宮古、大槌、釜石、大船渡、陸前高田、宮城県の気仙沼、南三陸、雄勝、女川などの海辺の町だ。巨大な津波は、湾の奥深く進むほど高さと威力を増し、町を破壊した。

東日本大震災の被災者救護のため、日本赤十字社は日本中から救護班を被災地に派遣している。当院も、救護班、ＤＭＡＴ（災害派遣医療チーム）、こころのケア、石巻日赤支援、石巻合同医療本部支援など、様々なかたちで職員を派遣してきた。人数は延べ二百人を超えた。なかには、被災地で活動しているとき、あまりの被害の甚大さに、「自分がやっていることはどれだけ役に立っているのだろうか」と絶望的な気持ちになった職員もいる。

被災地から戻ってきて、自分の無力感を訴える職員もいる。涙する者もいる。しかし、悲嘆にくれることはない。ひとつひとつのチームができることは小さくても、次のチームにきちんとつなげていけば大きな成果となる。チームはひとつのピースだ。ひとつひとつのピースは小さくても、次のピースへしっかりと情報をリンクしていけば、確実に絵は描かれていく。献身的な精神と機動力と継続性は、赤十字の最も得意とするところではないか。

私も救護班の主事としては、阪神淡路大震災以来十六年ぶりに被災地へ行かせてもらった。若手職員に「いよいよ御大の出陣ですか?」などと冷やかされながらも行きたいという気持ちは抑えられなかった。……果たして、たいしたことはできなかった。藤本君という若くて優秀なバディに助けられた。しかし、見てきたことや感じたことを活字にして伝えることはできる。コラムや詞を書くのも救護チームの活動同様、壮大なジグソーパズルのひとつのピースと見ていただけるとありがたい。

とっても小さなワンピースだけど……。

## 愛すべきかな、織部

「まっ白な陶磁器をながめては飽きもせず、かといって触れもせず……」と三十七年前、井上陽水は歌った（「白い一日」作詞：小椋佳）。恋人との微妙な距離感を、白い陶磁器の無機質さをモチーフに淡々と歌い上げた。

まっ白ではないが、最近、やきもの、なかでも「織部《おりべ》」に凝っている。休日には深い緑色の釉薬《ゆうやく》が渋く彩るカップでコーヒーを飲み、ひとり侘《わ》び寂《さ》びにひたっている。「織部」は戦国時代から安土桃山時代に織田信長や豊臣秀吉に仕えた武将、古田織部がプロモートしたものと言われている。美濃の国（今の岐阜県本巣郡本巣町）出身のれっきとした武将でありながら、次第に茶の湯、茶器の名物など、数寄《すき》の世界に心奪われていく。数寄とは、風流・風雅に心を寄せることである（『大辞泉』）。織部は、武将として功をあげ出世するか、数寄《すき》者《もの》として生きるか、日々葛藤する。

古田織部を扱った作品はそれほど多くはない。私も最近、「へうげもの」（作：山田芳裕）という異色の歴史漫画で初めて知った。レンタルコミックで、あまり期待せず借りたところ、これが抜群に面白い。「へうげもの」は「ひょうげもの」と読み、ひょうきんものといった意味である。「武」と「欲」の間でさまよう織部の波乱万丈の生涯を、信長、秀吉、家康といった天下人との関わりをとおしながら、史実に忠実に描いている。なかでも、茶の道の師匠であり、秀吉政権の筆頭茶頭であった千利休に強い影響を受ける。しかし、織部の茶の湯は、利休を真似たものではなく、侘び寂びの伝統を継承しながらも、大胆かつ全く新しい気風を生み出した。形が整った茶器を良しとする風潮に対して、左右非対称のものや、ゆがんだもの、奇妙な絵柄などに面白さを見出し、美濃の陶工たちに作らせた。

コミックでは、タイトルどおり「ひょうきん」なキャラクターに仕上げているため、より愛すべき人物となっている。NHKの大河ドラマ「江」を、織部の存在を想像しながら観てみると実に面白い。

現在、「へうげもの」は漫画雑誌「週刊モーニング」に連載中だ。本業の武将としての出世に未練を残しながらも、織部流「数寄」の完成に執念を燃やし、茶器の名物欲しさに身悶えし、ひょうきんで、欲深く、人間くさい古田織部の生き様から当分目が離せない。

## 桑田さんの手のひら

微笑みながら差し出された手を私は緊張して握った。読売巨人軍の元大エース、桑田真澄さんの手、しかも利き腕の右手だ。現役時代、数々の激闘を繰り広げた桑田投手の偉大な手のひらの感触は、想像していたよりずっとしなやかだった。感じたのは戦いの余熱ではなく、乾いたすずやかさだった。私はこの感覚をどこかで知っていると思ったが、それが何だったかは思い出せなかった。

あるホテルのラウンジ。私が中日ドラゴンズの大ファンでありながら、桑田投手を尊敬していることを知ったある方が、特別に会わせてくれたのだ。桑田さんは中日VS巨人三連戦の取材で来名されていた。時間にして約一時間半、お食事をしながらいろいろな話をうかがった。

私が一番聞きたかったのは、桑田さんのこだわりのことだった。私がバイブルとも思っている桑田さんの著書「試練が人を磨く～桑田真澄という生き方～」（扶桑社文庫）で、桑田さんは繰り返し述べている。「結果よりもプロセスが大事」だと。記録のスポーツであるプロ野球では、すべて結果（数字）で評価される。そんな厳しい世界で、「結果よりもプロセスが大事」と言いきる信念が、選手生命を左右する大けがや、心ない中傷にもぶれずにすべて乗り越えてきた源《みなもと》なのだと思う。私は聞いた。「生涯勝利数173勝が究極の結果だとすると、防御率3・55はそのプロセスだと思うのですが、やはり、勝利数より防御率を重視されているのですか」。桑田さんは答えた。「ぼくはあまり数字にはこだわらないです。それよりも200勝をめざしてやってきて、その目標を達成するためにあらゆる努力をしてきたことに一番意義を感じるんですよ」と。

桑田さんは赤十字の活動にも強い関心を示された。私が事業の説明をするなかで、必然的に東日本大震災の話になった。私も四月の終わりに石巻へ救護活動に行ったことを告げると、現地の様子や被災者の皆さんのことなどを熱心に聞いてこられた。すると桑田さんは急に、「実は、今度福島の被災地に行くのですが、被災者の皆さんにどう接したらいいのでしょうか。これは言ってはいけないとか、気をつけることはありますか」と聞いてきた。桑田さんが、私に助言を求めるなんて。こんな展開になるとは思いもしなかったが、思うところをお伝えした。「赤十字にはこころのケアという活動があります。被災者に寄り添いお話をじっくり傾聴して、共感することから始めます。それと、私は被災者の皆さんに『頑張ってください』とは言わないよう意識しました。被災者はたいへんな状況の中で精一杯頑張っています。そのうえ、われわれ救護に行った者がさらに『頑張ってください』と言うと、こんなに頑張っているのにまだこれ以上頑張らなければいけないのかと受け止められますから。でも、それは我々の立場の話で、桑田さんとは違います、桑田さんからかけられた言葉なら、どんな言葉でも被災者のこころにきっと響きますし、子供たちに夢と勇気を与えることでしょう。子供たちとキャッチボールをされるなら、どんな言葉より、手のひらが、からだが桑田さんの励ましの気持ちを感じますよ」と。桑田さんは静かにうなずいてくれた。

それから10・8決戦のこと、PL学園の野球部に入部されたときのことなど、いろいろうかがったが、夢の話となり、「桑田さんが大リーグで投げる夢を叶えられたように、私にも本を出すという夢があり、最近それが叶ったのですよ」と拙著『夢をはこぶ舟』を差し上げた。桑田さんは「それはすごいことですね」とページを繰りながら、文章を書くことについていろいろ質問してくれた。「桑田さんのことをコラムに書いてもいいですか?」とお尋ねしたところ、「どうぞ書いてください」と微笑んでくれた。

夢のようなひとときだった。最後に並んで写真を撮ってもらったとき、桑田さんの右手ともう一度、握手をした。そのときも初めてお会いしたときと同じ、しなやかですずやかな感触だった。私はふいにある言葉を思い出した。それは桑田さんが何年か前、ブログに書いていた言葉、「行雲流水」だった。最初の握手で心にひっかかったのはこの言葉だったのだ。形を変えながら悠然と大空に浮かぶ雲、黙々と淡々と自由に流れる水。桑田さんの偉大な手のひらには、雲が行き水が流れていた。けっして見えないけれど、私には確かにそう感じられたのだ。

## 芸術的カリスマ

アップル社の前最高経営責任者（ＣＥＯ）のスティーブ・ジョブズ氏が亡くなった。ＭａｃコンピュータＩ、ｉＰｏｄ、ｉＰｈｏｎｅ、ｉＰａｄなど常に時代を変革する製品やサービスを世に送り出してきたＩＴ業界の革命家だ。徹底的にデザインにこだわるなど、絶対に妥協を許さない完璧主義者だった。

新製品のプレゼンは常にジョブズ氏自ら行った。自分の理想を昇華させた作品の仕上げを誰かに任せることなどできなかったのだろう。スタイルは決まって黒いＴシャツとブルージーンズだった。それらのポリシーを見ると、彼は世界最高の経営者というより、むしろ芸術家といった方が実像に近かったのではないか。

彼の言葉からもそれはうかがわれる。二〇〇五年、スタンフォード大学の卒業式のスピーチで卒業生に贈った言葉の数々。「最も重要なことは自分自身の心と直感に素直に従い、勇気を持って行動すること」や、「本当に満足を得たいのであれば進む道はただひとつ、それは自分が素晴らしいと信じる仕事をやること」（訳：小野晃司氏）などは、まさに芸術家の言葉のようだ。

事実、同様のメッセージを発信し続けた芸術家が日本にいた。今年生誕百年を迎えた洋画家の故岡本太郎氏だ。大阪万博の「太陽の塔」はあまりにも有名だが、さらに、猛反対を押し切って、著名な建築家丹下健三氏が設計した大屋根から塔を突き出させたエピソードは、氏の面目躍如だ。生涯を直感と信念で生き抜いた。その岡本氏の言葉、「手なれたものには飛躍がない。常に猛烈なシロウトとして、危険をおかし、直感に賭けてこそ、ひらめきが生まれるのだ」、「自分の信じること、こうだと思うことに、わき目もふらずに突き進むだけだ」は、前述したジョブズ氏の言葉とオーバーラップする。

ジョブズ氏は三十歳でアップル社を追放されたが、やがて失意と絶望から立ち上がり再起した。前述のスピーチで、「アップルをクビになったことは、自分の人生最良の出来事だったのだ。成功者の重圧が消え、再び初心者の気軽さが戻ってきた」とそのときの心境を語った。再起に関して、岡本氏もこんな素敵な言葉を残している。「青春は永遠に、はじめからのやり直しだ」と。

五十六年の生涯を創造に捧げた芸術的カリスマ、スティーブ・ジョブズ氏。天国でも今頃、ブルージーンズのポケットから新しい夢を取り出しているのだろうか。

## リメイクとTWO

時代劇が好きで、ときどき無性に観たくなる。つい先日も昨年公開された話題作「十三人の刺客」を観た。この作品は一九六三年、工藤栄一監督が撮った同名の作品をリメイクしたものだ。暴虐非道の明石藩主、松平斉韶《なりつぐ》の老中就任を阻止するため、密命を受けた御目付役、島田新左衛門が十二人の刺客を集め斉韶暗殺に挑むストーリーだ。斉韶役のSMAP稲垣吾郎がはまり役だ。島田役は映画・CMに引っ張りだこの役所広司である。こういう役柄だとどうしていつも役所広司なのだろう。なんてことはさて置き、監督の三池崇史は五十年前の名作を見事甦らせた。密命を受け刺客を集める前半は重厚に、明石藩三百名！の武士と戦う後半は大スペクタクルに仕上げている。観終わった後、オリジナル版が観たくなりすぐレンタルした。こちらも見ごたえがあった。モノクロームの侘びた味わい、片岡千恵蔵、嵐寛寿郎ら名優たちの個性の競演、CGなしの殺陣のリアルさ等々。堪能した。

映画界ではよくリメイク版が作られる。たとえば、黒澤映画。「七人の侍」は「荒野の七人」、「用心棒」は「荒野の用心棒」としてそれぞれ米国、イタリアでリメイクされ、大ヒットした。

「椿三十郎」はオリジナル脚本そのままに再現された。同じセリフでも、三船敏郎の貫禄と織田裕二の若さにニヤリとした。最近では、ジャッキー・チェン主演の「ベスト・キッド」も一九八四年の同名作品のリメイクだ。この映画のオリジナル版は、次々と続編が作られた。「ベスト・キッド2」から「4」までだ。そのすべてを観たが、個人的には最初の作品が「ベスト」だと思う。

さて、当院の外来改修工事もいよいよ大詰めにさしかかってきた。一九九〇年に竣工した第一病棟の一階から三階部分。二十年の年月を経て、空調関係を中心に確かに老朽化していた。しかし、古くなったものをそのまま治す工事ではない。外来部門をどうしたいのかからスタートした。コンセプト(テーマ)も設計図(脚本)も職員(スタッフ)も刷新された。「椿三十郎」は全く同じ脚本のため、前作と比較する醍醐味を味あわせてくれた。でも、当院は違う道を選んだ。リメイクではない。いうなれば続編、「外来2」だ。

映画の世界では最初の作品を超える続編は生まれにくいという。はたして当院はどうか? まもなく最終的な答が出る。それを判断するのは、もちろん役者(職員)ではなく、観客(患者さん)だ。

## サラ川2011

二〇一一年が暮れてゆく。今年は未曾有の大災害があった特別な年だ。いつもと違う春となり、いつもと違う夏と秋が来て、いつもと違う冬を迎えた。この先、どんなに季節が巡っても、私たちはこの年を永遠に忘れないだろう。

そんな運命のように過酷な年でも、人々は必死に生き、泣き、怒り、笑い、感動しながら社会生活を営んできた。その一年の話題をサラリーマン川柳で振り返ってみたい。

春。震災の関係で遅れてプロ野球が開幕した。今年の話題は、何と言ってもボールを統一球に変更したことだ。従来のものより飛ばなくなり、その結果、ホームランの数が激減した。一方、景気停滞や円高のあおりを受け、企業の経営が悪化、給与も伸び悩んだ。ここで一句、「昇給も　野球のボールも　失速し」(翔べない私)。

七月、震災で沈んだ気持ちの日本国民を沸き立たせる快挙があった。女子ワールドカップで日本代表が初優勝したのだ。今まで女子サッカーに興味がなかった人たちまでがいっせいに注目した。「澤の名を　やっと覚えて　ツウ気取り」(ほまれ)。「なでしこに　続けサムライ　ブラジルへ」(青の魂)。

七月二十四日、テレビが突然砂嵐になった。地上デジタル化への移行だ。「地デジ難民」という流行語まで生まれた。「見たくない　ものまで観せる　地デジかな」(女優)。

八月、地震・津波による福島第一原発の事故に端を発して、この夏は節電に取り組んだ。何とか夏を乗り切ったが、節電の影響はいろんなところに。「節電に　貢献しなきゃと　早く寝る」（受験生）。

九月、野田内閣発足。多難な時代に挑む。「地味だけど　これでいいノダ　どじょうだもん」（ドジョウ倶楽部）。

十月、アップル社のスティーブ・ジョブズ氏が亡くなった。今年、携帯業界の競争は激化し、スマホはどんどんシェアを広げた。「メールしか　できぬスマホで　見栄を張り」（ビギナーズ）。「スマホ見せ　俺、もてると　勘違い」（錦三）。

最後に心を込めて。東日本大震災からの一日も早い復興を祈って一句。「復興を　見守っていて　夜の星」（九ちゃん）。

来年こそ、平穏で素晴らしい年になりますように。皆さま良いお年を。

# 2012年
(平成24年)

◎は世の中の出来事　〇は八事日赤の出来事

◎スカイツリー竣工
◎ロンドン五輪で、史上最多の38個のメダル獲得
◎米国大統領選オバマ氏再選、中国共産党書記長に習近平氏
〇外来全面改修工事完了　外来が生まれ変わる
〇全病院的コーチング導入
〇手術ロボットダヴィンチ導入

## 風の旅人

風に揺れている　孤独なシルエット
心ふるわせる　名もなき旅人よ

人の間を器用に　すり抜けてく日々に
悲鳴あげてる　不器用な魂が
声にならない傷みを　かかえながら人は
遠い岸辺へ　ひとりきり旅に出る
　風に吹かれて　弱さを知るのなら

心のままに　泣いてもいいさ
風に揺れている　孤独なシルエット
心ふるわせる　名もなき旅人よ

水平線を染めてく　夕陽の美しさ
時をきざんで　悠々と沈んでく
月の灯りをたよりに　小舟で漕ぎ出せば
波間を進む　雄々しさを知るだろう
星に招かれ　オールを漕ぐのなら
はるか遠くへ　乗りだしてゆけ
風に揺れている　孤独なシルエット
心ふるわせる　名もなき旅人よ

風に吹かれてみたくて　誰もが旅に出る
切ない日々を　生きる意味知りたくて
波に打たれて　脆さを知るときも
明日に向かって　踏み出してゆこう

風に揺れている　孤独なシルエット
心ふるわせる　名もなき旅人よ
名もなき旅人よ

## 新年の志

新年互礼会で石川院長は､｢当院はいい病院と言われているが､今年はもう一歩前進して､『最高の病院』をめざす」と宣言した。この言葉は職員、特に若い人たちの心にずっと残っていくのではないだろうか。

私にも心に残っている互礼会の挨拶がある。石川院長の三代前の院長、故富永健二先生のご挨拶だ。富永先生は、「今年の年末年始にはじっくり本を読みました」と、井上靖さんの新刊本「孔子」を手にとって紹介された。「孔子」が刊行されたのは平成元年の九月で、富永先生が退任されたのは平成二年九月だから、院長として最後の互礼会だったと思う。まだ、三十代前半だった私は、井上靖さんの本は読んだことがなく、ましてや「孔子」のことは名前くらいしか知らなかった。しかし、富永先生が勧める本なので、いつか読もうと思いながら時が経過してしまった。

縁はめぐり、十年ほど前に本屋で文庫版を発見し買い求めた。読み終わって、なぜ、富永先生が最後の互礼会で「孔子」の本を紹介されたかわかったような気がした。ここには、孔子と弟子たちとの交流を通して、人として、リーダーとして、企業としてどうあるべきかという指針が散りばめられていた。先生はそれを職員に遺そうとしていたのだろう。

昨年、当院で身近に孔子の教えを実行した出来事があった。三月十一日に発生した東日本大震災。当院は石川院長の緊急メッセージのもと、最終的に延べ二百二十七名の職員を派遣した。院長のメッセージのいくつかをあげる。

「日常の診療に多少支障が出ても派遣する」、「この未曾有の大災害のときに赤十字が頑張らなくていつ頑張るのか」、「ここでやらなければ、赤十字の存在価値はない」。

この対応に、職員のなかには、「なぜ、こんなに当院が負担を負うのか」という声もあった。そんなとき、私は、孔子のある言葉を思い出した。「君子は義に喩《さと》り、小人は利に喩る」。意味は皆さんでお考えいただきたいと思う。

さて、石川院長の「新年の志」を共有し、同志となり最高の病院をめざそうではないか。そのためにまずは、職員の満足度を上げることだ。医療に携わる者の喜びは、患者さんと関わることで自己実現できること。職員の満足度が低いのに良い病院になることはありえない。

孔子も言っている。「民、信なければ立たず」と。

## 決断の春

人や企業が何か大きな決断を下そうとするとき、よほど無頓着でない限り迷うのは当然だ。時間をかけてメリットやデメリットを検討して最後に決断する。かの徳川家康も「決断は、実のところそんなに難しいことではない。難しいのはその前の熟慮である」と言っている。

メリットを考えるのは楽しい。やれば必ず得るものがあるだろうし、こうありたいと願った姿をイメージするのは心地よい。しかし、その楽しさは憧憬であり、まだ何も手にしていない不安や頼りなさと背中合わせだ。

逆にデメリット（マイナスの要素）を探すことはたやすい。特にむつかしそうな事案に対しては次から次へと出てくる。コストの問題、企業風土との相違、職種の問題、失敗のリスク、時期尚早、他の方法がある等々だ。アメリカの元大統領、セオドア・ルーズベルトはかつて、『確かにできる』と答えなさい。それから急いで、どうすればいいかを探しなさい」と言ったが、なかなかそんな境地に至れないのが人間だ。

石川院長が宣言した「最高の病院になる」ために、数々の取り組みが提案され始めた。すでに、赤十字インフォーメーションセンターでの患者さんのためのミニレクチャーや、院内報「やまのて」前号や本号で提唱された「あいさつ」運動などだ。これからも職員に過度な負担をかけないよう気遣いながらも、次々に新しいプランが示されてくるだろう。そのひとつひとつに熟考と決断が必要だ。

そんななか、「コーチング」を取り入れることが決定した。これは、今まで当院が導入したどんな研修とも違う。プロのコーチから受けるマンツーマンのコーチングだ。幹部会で決定されるまでには、何度も業者の説明を受け、メリットもデメリットも出し尽くして議論した。この取り組みが成功すれば、「最高の病院」への大きな柱になるに違いない。

決断とその成功体験が人を、企業を大きく成長させる。そして「トップの決断、そして、その成功の積み重ねが、社員との間に信頼感を生む」（近鉄グループ　佐伯勇）のだ。

時は春。その先へ、まだ見たことがない未知の世界へ、みんなで踏み出していこう。

## 人生に恋しよう

いつまでも冷たい風が吹く寒い春です。四月に入っても、街には冬のコートを着た人たちが行き交います。いつもなら、三月の下旬に咲き誇る白いこぶしの花たちも震えながらやっと開き始めました。

そのこぶしの花言葉は「友情」と「歓迎」。当院は今年も新しい仲間を大勢迎えました。辞令交付式に顔をそろえた新採用職員は二百十九名。どの顔にも、新しい世界に対する期待と不安が交錯しています。私たちは、こぶしの花のように純白のユニフォームやワイシャツ、ブラウスを身に付けた彼ら、彼女らを、花言葉のように「友情」をもって「歓迎」したいと思います。

もうひとつ、花の話をしましょう。インターネットの「花言葉ナビ」によると、四月一日の誕生花は「マーガレット」だそうです。花言葉は「恋を占う。真実の愛。心に秘めた愛、誠実」。未知の世界に一歩踏み出した新採用職員たちに、マーガレットの花を一輪ずつ捧げます。

なぜなら、新採用職員の皆さんには、ぜひ「恋」をしてほしいからです。「恋」といっても、ここでは異性に憧れる恋ではありません。「自分の人生に恋をしてほしい」のです。自分のことを好きになって、自分の生き方に向き合って、自分の夢に恋焦がれて、いつまでも一途な気持ちでいてほしいのです。

「この人生は、どんなにつらくとも生きるに値する」これは、イギリスの映画俳優、チャーリー・チャップリンの言葉です。人生は思うようにならない苦しみの連続かもしれません。そういえば、前述したマーガレットの花言葉には、「さよなら。忍耐。悲しみ」も併記されていました。それでも、自分を、人生を嫌いにならないでほしいのです。自分の人生をいとしく思い、寄り添ってほしいのです。

「君が好き。僕が生きるうえでこれ以上の意味はなくたっていい」と、ミスター・チルドレンの桜井和寿さんは歌いました。「君」を「僕の人生」に置き換えてみてください。

人生の第二章、新しい恋は今始まったばかり。ルーキーズたちの恋が末永く続き、そして、いつの日か実ることを祈ります。

## 驚愕の10番ホール

第53回中日クラウンズ最終日。私はファンである藤田寛之プロのパーティについて観ていた。なぜ、石川遼でなく藤田なのか。プロフィールによると、藤田は身長一六八センチ、体重七〇キロ、四十二歳。大きくパワフルなプロ達の中では際立って小さい。しかも、スウィングが超個性的である。トップで一旦止まり、フィニッシュは振り切らずに頭の上で止めて、クラブを不思議な形でくるっと回す。これだけで感情移入するのに十分である。この日も、前年チャンピオンのB・ジョーンズ、B・ケネディといったいかつい大男二人とのラウンドだった。豪快なプレーの二人に臆せず、藤田は確実にスコアを刻んでいった。そして、あの10番ホールが来た。

藤田はめずらしくティーショットを大きく右に曲げて林の中に打ち込んだ。ボールは樹に当たり落ちてきた。しかし、地面には落ちなかった。私がボールの地点に着いたとき、彼は審判員と樹を見上げていた。視線の先には枝に引っかかったボール。これは大変なトラブルだと思う反面、不謹慎にもわくわくしていた。藤田はこれをどう切り抜けるのか。しかも、手を伸ばせば触れられるくらいの位置で彼が考えている。彼は、「アンプレアブル（プレー不可能）」を宣言し、審判員は物を枝にぶつけてボールを落とした。普通ならその場所にドロップして、一打罰の第三打を打つのだが、グリーンは樹木がさえぎって狙えそうもない。こんなとき我々アマチュアは、無理やり打って樹に当ててさらに深い眠りの森をさまようか、安全に横へ打ってフェアウェイに出すのだが。

藤田の取った行動は思いもよらないものだった。彼はボールを拾うときびすを返し、隣りの9番に向かって歩き始めたのだ。「藤田、ご乱心っ！」と思うまもなく、9番のフェアウェイまで歩くとボールをドロップして、グリーン方向に向けてアドレスを取った。もちろん林でグリーンは見えない。そして何事もなかったかのように打った。一瞬の静寂のあと、グリーン方面で大歓声と拍手が上がった。何が起きているのかは明らかだった。ボールはピンからわずか2メートル奥に乗っていた。何という戦略、何という技術！

私たちは絶体絶命のピンチのとき、一か八かの賭けに出るか、意気消沈してしまう。しかし、そこに思いもよらない発想が隠れてはいないか。

藤田の10番、驚愕の一打。これを目前で見られただけで和合に来た甲斐があった。

……しかし、普通あそこから打つか!?

## コクフクするチカラ

大英帝国の国王ジョージ六世は、一九三九年九月三日、ヒトラー率いるドイツと戦争状態に入ったことをラジオで国民に告げた。ドイツが同盟国ポーランドへ侵攻したことに対する抗議の宣戦布告だった。このときのスピーチをモチーフにした映画が昨年ヒットした。トム・フーパー監督の「英国王のスピーチ」だ。

この映画は、複雑なヨーロッパの政情を描いた社会映画ではない。幼少時に父から受けた厳しいしつけと矯正から吃音となった男の哀しみと、それを克服しようと苦悶する姿を描いている。

この映画を観たあとに、偶然BSで「実録　英国王のスピーチ」を放送していた。実物のジョージ六世は映画で演じたコリン・ファースよりさらに繊細な心を持っているように思えた。映像には、国王が帝国博覧会の開会スピーチで、詰まりながらも懸命に十万大観衆に向かって話しかける姿が克明に記録されていた。ドイツへの宣戦布告の録音テープも流れた。「皆が心をひとつに大義に忠誠を誓い続けるなら、その時こそ神の御力によって我々は勝利する」。この言葉は国民を鼓舞した。

国王は吃音を克服するためにひとりの言語セラピストの指導を受けた。オーストラリア人のライオネル・ローグ氏だ。扮するジェフリー・ラッシュの演技が素晴らしい。「証書もない、資格もない、役者の成り損ないが!」と詰め寄る国王に対して毅然と対し、傷ついた心をやさしく包み込む。

これは英国王ジョージ六世の物語だが、私の物語でもあり、あなたの物語でもある。人は誰でもコンプレックスをかかえて生きている。見えない影におびえ、人生を生きにくくしている。宣戦布告のスピーチには、「我々にとって大切なものを守るため、その挑戦を受けて立たないことなどありえない」というフレーズがある。スピーチが公務の国王にとって、吃音は致命的なハンディだ。しかし、反発しながらもローグ氏を信頼して、克服しようと孤独で絶望的な闘いに挑む。心の中の怖れを「勇気」という力に変えて。

ローグ氏は国王に罵倒されたあとこう告げる。「あなたは忍耐強く誰よりも勇敢だ。立派な王となる」。揺らぐ国王の心を後押しした。

一番の泣かせどころだ。

## コピー&テーストでゆこう

大学生がレポートを書くときの、ネットからのコピーが問題となっている。テーマに関する論文をネットで検索し、そのままコピーして貼り付けてしまうという。なげかわしいことだが、はたして学生だけが悪いのか。今やキーをたたけば、簡単に欲しい情報が手に入る時代だ。そのままコピーして貼り付けることはいともたやすい。学生の肩を持つわけではないが、難解なテーマを前にしたとき、つい手が伸びてしまうのもわかる気がする。

司馬遼太郎氏の「坂の上の雲」は、明治維新後の開花期の日本を舞台に、四国松山から世に出た三人の生き様を描いた物語だ。主役のひとり、俳人正岡子規の中学時代について興味深い記述がある。子規の部屋の本棚にある本は教科書以外はすべて子規が筆写して製本したものだという。子規の筆写ぐせは終生のものらしく、司馬氏は、「後年、革命的な俳諧論を展開するにいたったのも、かれが克明に江戸時代の俳人の作品を写しとっていたそういう手の作業のなかから思考がうまれてきたらしい」と書いた。

そういえば、七月五日の天声人語（朝日新聞）に、「天声人語書き写しノート」の発行部数が累計百万冊に達したと書かれていた。なぜ今「書き写しなのか」。書き写しを行った北九州市の高校生からは、「集中力がついた」、「社会への関心が高まった」などの感想が届いたという。

コピーも印刷も、もちろんパソコンもネットもなかった時代、今よりはるかに不便で、手間がかかり、ものごとはゆっくりとしか進まなかった。しかし、そんな時代だったからこそ、たとえば、書き写しながら一字一句を味わい、ものごとをじっくり考えるゆとりがあったのではないか。画期的な思想、発見などはその不便さから生まれたのかもしれない。

学生のコピー&ペーストに象徴される、情報と利便性にあふれたデジタル社会。時代が時代だ。便利なものは利用したくなって当然だ。子規の時代とは違うのだ。ただ、そのまま貼り付ける(ペースト)んじゃもったいない。せめて、深く読み込み、文章をじっくり味わいたい。そして、自分の意見を自分の言葉で味付けできたら最高のレポートになるだろう。

コピー&テーストでゆこう。

## 和尚のコーチング

本を読むことが好きだ。子供の頃に童話や、ファーブル昆虫記などの科学物を読んだことがベースになっているが、読書好きを決定づけたのは、中学に入って読んだ「姿三四郎」(富田常雄:作)である。若い柔道家が成長していく物語だ。師匠矢野正五郎の教え、ライバル檜垣源之助との死闘、早乙女さんへの淡い慕情などに胸を熱くした。私の精神形成に大きな影響を与えた一作と言っても過言ではない。今、私が女性に純情なのも、多感な頃「姿三四郎」に出会ったからである。

この作品を黒澤明監督が映画化している。そのなかに大好きなシーンがある。三四郎が矢野正五郎の道場に入門してしばらくした時のことである。腕をあげた三四郎が、夜の町で大勢と喧嘩してことごとく投げ飛ばしてしまう。それを知った矢野正五郎は「おまえは人間の道を知らぬ」と一喝！　思い余った三四郎は、中庭の底なし池に飛び込んでしまう。そして、冷たい水の中で月を見ながら夜を過ごす。そこでのお寺の和尚さんとのやりとりが実に深いのだ。意地を張り池から出ようとしない三四郎に和尚は、「そのおまえがつかまっているものは何だかわかるか？　慢心子供にはわかるまい」と質問する。「杭だ！」と答える三四郎に、「そうだ。命の杭だ。それなくば、おまえは泥に沈んでしまう。陸へ上がるは無念。杭なくば死ぬ。（中略）夜もすがら月を眺めて明かすか？」と重ねて問いかける。

和尚はけっして、悟りとは何かを教えない。暗示的な質問を繰り返しながら自ら悟るのを待つ。答は三四郎の心の中にしかない。和尚はそれに気付かせるだけなのだ。三四郎は冷たい水の中で一晩中考え続け、明け方ハスの花が咲くのを見て一気に悟る。そして「先生！」と叫び、自ら池を飛び出す。その姿を見て、和尚は深くうなずく。

今年度、当院が初めて導入したコーチング。来年の二月頃まで継続的にプログラムは続く。直接プロのコーチングを受けているのは第一期生の二十五名だが、それぞれが支援したい職員（ステークホルダー）をコーチングし、最終的には職場にコーチングの風土を根付かせるのが目的だ。参加者は希望を募って人選した。自ら池に飛び込んだ第一期生二十五名のまわりで、美しいハスの花が咲くことを心から祈りたい。

## いいコーチになりたい

「いいコーチになりたいです」。その言葉が思いがけず、口を突いて出た。私を担当する(株)コーチ・エィのSコーチから、「コーチングも半分経過して、目標に何か変化は出ていますか?」と聞かれたときにとっさに出た答だ。Sコーチは、想定外だったらしく、「おおっ」と驚いたのち、「わたしもいいコーチになりたいです」と応えてくれた。そのリアクションが可笑しく、「そうですよねぇ、いいコーチになりたいですよねぇ」と生意気にも返してしまった(プロのベテランコーチに!)。

Sコーチになぜそのように思うようになったかを説明すると、コーチは、「池上さんはステークホルダーへコーチングを実践するにつれて、人に影響を与える喜びを知ったからだと思います。ぜひ、いいコーチになってください」と励ましてくれた。Sコーチは、私が典型的なプロモータータイプだと知っているため、いつも「ほめて伸ばそう」という戦略をとっていらっしゃるようだ。

たしかにこの四か月間のコーチングをとおして、自分も変わってきたと思うし、私がコーチングするステークホルダー六人とのコミュニケーションや信頼関係も上がってきているのではないかと思う。まだまだとてもそんな境地には至っていないが、コーチングの醍醐味、「自分が人に影響を及ぼし、人が、組織がドライブしてゆくダイナミズム」を味わいたいと思う。

文豪、川端康成は言っている。「一生の間に一人の人間でも幸福にすることが出来れば、自分の幸福なのだ」(掌の小説「一人の幸福」)。古代ギリシャの哲学者、エピクロスも言っている。「我々を助けてくれるものは、友人の援助そのものというよりは、友人の援助があるという確信である」。もちろん、そんなおおげさなことではないけれど、自分の言葉やサポートで、また、強い信頼関係で、誰かが目標を達成してくれたらうれしいと思う。

夏がゆき、涼しい風が吹きぬけてゆく。コーチングは、二つ目の季節を迎えた。そして冬を越えて春へ。春告草の咲くころ、一期生の二十五人と一緒に喜び合いたい、いいコーチになっていたい。

## 吉田君との約束

ロンドンオリンピックの競泳男子四百Mメドレーリレー。個人平泳ぎでメダルが取れなかったエース北島康介を気遣い、他のメンバー三人は誓ったそうだ。「康介さんを手ぶらで帰すわけにはいかない」。その結果、大健闘し日本は初の銀メダルを獲得した。レース後、四人は喜びをぶつけあった。リレーはスポーツの中でも特別なものだと思う。団体競技なのに重圧は個人競技以上だ。それだけにチームのために貢献できた喜びはひとしおだ。

恒例の互助会大運動会。毎年、異常な盛り上がりを見せる職場対抗リレー。今回も二十一チームがエントリーしてきた。私も「最高の病院になるチーム」の連中からオファーがありメンバーに入れてもらった。このリレーに毎年参加しているが、今年はいつもと違った。メンバーにあの有名な西宮神社開門神事で福男スプリンターに五度輝く、吉田光一郎君（某企業からの出向）がいるのだ。新春に正門から神主が待つ境内まで一目散に駆け抜けるあのレースだ。当日、初めてお目にかかった。どんな筋骨隆々の大男かと予想していたら、意外にも小柄でスリムだった。しかし、贅肉がない体、ふくらはぎなどはカモシカの足（じっくり見たことはないが）のごとく引き締まっていた。同じアスリート（サッカー歴四十五年）として、たるんだお腹が情けなかった。私の役目は第五走者、アンカーの吉田君へバトンを渡すことだ。予選、準決勝と何とかバトンも落とさず、相手に恵まれたのか、誰にも抜かされず、かといって誰も抜けず、無事に吉田君にバトンを渡すことができた。吉田君の走りは観客の目を釘付けにした。そこだけ異次元空間だった。

残念ながら、チームは惜しくも決勝進出を逃した。私も、他のチームメートも吉田君に申し訳ない気持ちでいっぱいだった。福男スプリンターの栄光に泥を塗ってしまった。しかし、最後に集まったとき、吉田君はみんなに言った。「みんなありがとう。もう少し頑張れば絶対勝てる。来年も同じメンバーで走りましょう！」。「なぜ、このチームで？」と聞いた私に、彼は「速い選手を集めて勝つのは当たり前、このチームで勝つことに意味があるんです」。むむむ、複雑な気持ちだが、なんだか燃えてきた！　私は誓った。「来年までに体を絞り、腹筋も割ってスプリンターになってみせる！」。

石川ＷＩＮ長チーム、チームＯＰ室、栄養課チームよ、まとめてかかってきなさい。吉田君を手ぶらで帰すわけにはいかないのだ。約束したんだ。

## カズに逢いたい

タイでフットサルのＷ杯が開催されている。この原稿を書いている時点では、予選リーグの第一試合でブラジルに一対四で敗れた。驚異的な競技人口の伸びに反して、フットサルのプロリーグや日本代表の話題はあまりクローズアップされなかった。あの選手が代表に選出されるまでは。そう、キング・カズこと三浦知良選手だ。四十五歳の今もＪ２の横浜ＦＣで現役を続けている。サッカー界でキングの称号で呼ばれるのは、世界ではペレ（ブラジル）、日本ではカズだけだ。

カズほど光と影に満ちたサッカー人生を送る選手はいない。輝きが強い分、影も濃くなる。Ｗ杯との因縁がその最たるものだ。カズが世界の舞台に近づいたのは二回。ひとつは一九九三年のアメリカＷ杯アジア最終予選だ。カズは五試合で四ゴールをあげたが、最終イラク戦のロスタイムに同点ゴールを決められ、ライバル韓国にその座を譲った。語り継がれるドーハの悲劇だ。絶対に負けられない予選リーグの韓国戦、カズが決めたゴールにテレビの前で号泣したのを覚えている。

もうひとつは、一九九八年、初出場を決めたフランスW杯の最終メンバーから外れたときだ。岡田武史監督の「外れるのはカズ、三浦カズ」の声はまだ耳に哀しく響いている。帰国後の記者会見でカズは、「日本代表としての誇り、魂みたいなものは向こうに置いてきた」と名言を吐いた。この言葉は、幕末の革命家、吉田松陰の辞世の句、「身はたとひ武蔵の野辺に朽ちぬとも 留め置かまし 大和魂」を彷彿とさせた。

何度も何度も絶望の淵に落とされながらもカズは輝きを取り戻してきた。昨年の三月二十九日、東日本大震災チャリティマッチでの「国民的ゴール」は被災者だけでなく日本中に勇気を与えた。

一九九三年度のJリーグ表彰式で真っ赤なスーツで現れたカズもかっこいいが、フットサル日本代表で謙虚にチームに溶け込もうとするカズはもっと素敵だ。香川真司や清武弘嗣など世界で活躍するスターが何人出てきても、カズだけは特別の存在だ。

カズに逢いたい。対談したい。聞きたいことがいっぱいある。小児科の子供たちを励ましてほしい。握手、いや一目見るだけでいい。今の私にはコネがない。カズとのパイプのある方、お願いいたします。カズに逢わせてください。

## こころは何でできている?

「あなたは、あなたが食べたものでできている。ガンバレ!ニッポン!のカラダ」。これは、ロンドン五輪選手団を食で支えた味の素グループのテレビCMのキャッチ・コピーだ。たしかに摂りいれた食材は血になり肉になりからだをつくりあげる。

では、こころは何でできているのだろう。こころは目に見えず実体がないから質感もない。何からできているのか想像しにくい。でも、触れることができたり、目に見えるように表現されるから面白い。「あなたの一言でこころがすぅーと軽くなったわ」、「わたしの乾いたこころをうるおして」、「こころを閉ざさずに話し合おう」などだ。中国の禅僧慧能の公案に「非風非幡《ひふうひばん》」がある。お寺の旗(幡)が揺れていた。それを見たある僧は「旗が動く」と言い、別の僧は「いや動いているのは旗ではなく風だ」と言った。その論争を聞いた慧能和尚が「風が動くのでも、旗が動くのでもない。あなたのこころが動くのだ」と言ったという。

「こころを燃やせ!」などともいう。体育会系のコーチや、会社の厳しい上司などがよく使う。やる気を出せ、モチベーションをあげろということだと思う。では、行動のもととなるモチベーションはどうやって作られるのだろう。私は外からの刺激を受けて魂が揺さぶられるからじゃないかと思う。刺激とは、からだでいう食べ物だ。どんな本を読んできたか、どんな映画を観てきたか、どんな歌を聴いてきたか、どんな人と付き合ってきたか。それらの刺激（食べ物）が昇華（消化）されてこころ（からだ）をつくりあげる。味の素風にいうと、「あなたのこころは、あなたが受けた刺激でできている」のだ。たとえば、太宰治を読むと、無性に無頼に生きたくなる。司馬遼太郎を読めば、志高く、天命に従い人生を駆け抜けたくなる。生きる喜びを謳う映画や、魂を震わせる音楽に触れると人生ってやっぱり素晴らしいなと思う。日々仕事に追われて、擦り減っていくだけじゃ悲しすぎる。いろんな刺激を受けて生きなければもったいない。良い食べ物によって引き締まったからだができあがるように、こころに心地よい刺激を与えよう。そうすれば折れそうなこころもまた奮い立つ。

でも、太宰には注意が必要だ。あの顔で頬杖ついて、「人間は恋と革命のために生まれて来たのだ（「斜陽」）」などと言われた日には……。

## 安室奈美恵の功罪

歌手の安室奈美恵がデビュー二十周年を迎えて、昨年暮れに五大ドームツアーを行った。奇跡的にチケットが入手できたので、十二月十五日のナゴヤドーム・コンサートに行ってきた。なぜ、安室奈美恵を観たかったか。「本物」をこの目にしたかったからだ。ここでいう本物とは、実物という意味ではない。「リアル・スター」だ。どの世界にもスターはいるが、「本物」と言われる人は一握りしかいない。ただ歌がうまい、ダンスがキレる、可愛いだけじゃだめだ。一世を風靡するだろうが、やがて消えていってしまう。安室にもそのリスクは十分あった。浜崎あゆみ、倖田來未など、次から次へ出てくる若いスターたちに押されてメディアから姿を消した時期もあった。さらに、結婚、出産、離婚、実母の不幸な死など人生の浮き沈みを経験し、スキャンダルの渦にも飲み込まれた。ふつうのアイドルならここで終わりだ。復活できたとしても、世間の好奇の目にさらされ、話題性だけの存在で消えていく。しかし、安室は違った。それらのものをすべて力にして、歌に深さが増し、人としてのオーラを放ちながら復活した。本物だったのだ。人は弱いけれど乗り越えられる。輝きを取り戻せる。ファンをやきもきさせそして歓喜させた。これが安室奈美恵という歌手の一番の功罪だろう。

私にとっても、安室は罪な存在だ。このコンサートに万全な状態で臨みたいと、通勤の時、名鉄や地下鉄でスマホのＹｏｕＴｕｂｅで安室の歌を聴いていた。ある忘年会の夜、事件は起きた。ほろ酔い気分で、最終の名鉄に乗ってスマホで安室を聴いていた。二十周年アニバーサリーのプログラムで四十分ほどの長いものだった。ボリュームを大きくして聴き入っていた。もちろんイヤホーンをつけて。降りる駅が近づいて、私はスマホを切ろうとして異変に気付いた。イヤホーンのジャックがぶらぶらしているではないか！　つまり聴いていた音はイヤホーンを通して聴こえていたわけじゃなく、生音だったのだ！　しかもけっこう大きな音で。その瞬間、恥ずかしさに耳まで真っ赤になった。電車が停まり、ドアが開いた。一刻も早くこの場から離れようと一目散にドアに向かった。と、その時だった。乗客からいっせいに拍手が巻き起こったのだ。つまり、こういうことだった。みんな安室の歌に聴き入っていたのだ。この夜、私は安室のために恥をかいて、そして、みんなの賞賛を浴びた。これが私だけが味わった安室奈美恵の功罪である。

皆さん、車中でのイヤホーンにはくれぐれもご注意を。

## 2013年
### (平成25年)

◎は世の中の出来事　○は八事日赤の出来事

◎富士山が世界文化遺産になる
◎2020年東京オリンピック開催決定
◎長嶋茂雄氏と松井秀喜氏に国民栄誉賞
○NICU（新生児集中治療室）、GCU（新生児治療室）完成

### We are coaching

イギリスのロック・シンガー、ロッド・スチュワートの大ヒットカバー曲、「セイリング」は、こんなフレーズから始まる。"I am sailing I am sailing Home again Cross the sea……" この曲が収録された一九七五年のアルバム「アトランティック・クロッシング（大西洋横断）」は、彼が活動の拠点をイギリスからアメリカへ移した記念碑的第一作である。故郷スコットランドへの郷愁を込めて歌ったと思うと、ひときわ心に染みる名曲だ。

曲は次のフレーズへと続く。"I am sailing Stormy waters To be near you To be free……"「ぼくは海を渡る　荒れ狂う波をくぐりきみのもとへ　自由になるために」（訳：室谷憲治氏）。

「コーチングで病院を変える。コーチングを病院の風土に」をキャッチフレーズに、昨

年六月から取り組んだコーチング。この一月で第一期生二十五名のカリキュラムが終了した。実に八か月に渡る長い航海だった。二月末の認定試験に合格すると、(財)生涯学習開発財団認定コーチと日本コーチ協会認定メディカルコーチの資格が得られる。カリキュラム開始時と終了時のステークホルダー(支援した職員)への調査では明らかにコーチングの成果が現れていると聞いた。

引き続き第二期生の二十五名がコーチングの海に船出する。長い航海の間には、時には荒波に飲まれ、塩辛い水を飲み、自分ひとり沈んでしまいそうな孤独を感じるかもしれない。でも、凪いだ海原で迎える夜明けの美しさは、船出したものだけにしか味わえない。信頼できる海図とコンパス(テキストとプロコーチ)を頼りに帆をゆだねれば、必ずめざす港が見えてくる。自分が人に影響を与え、自主的に行動できるよう変わってゆく姿を見ることはコーチングの醍醐味だ。

第一期生の二十五名の仲間たちへ。カリキュラムから解き放たれて、自由になって、ひとりになって、これから本当のコーチングの航海が始まるのだ。「セイリング」の最後のフレーズでロッドは歌う。"Oh lord, to be near you To be free Oh my lord to be near you To be free Oh lord～"「きみのもとへ　自由になるために　あぁ神よ　あなたのそばへ　自由になるために　ぼくたちは航海を続けるのだ」。

春の風が吹いてきた。さあ、帆を張って船出しよう。

## 桜のステージ（ルーキーへのエール）

地下鉄の階段駆けあがり
春のひかりに飛び出せば
満開のさくらがきみたちを
祝福してる　照らしてる

めぐる季節のなかで
今日だけは特別な日
夢を追い続けて
やっとここまで来たんだね

今、きみたちは
最高のステージに立っているんだ

さくら色に輝いている
ひとりひとりが主人公

春を待つつぼみの淋しさを
支えてくれた人たちに
花びらのシャワー浴びながら
光る笑顔を届けよう

めぐる季節のなかで
今日だけは特別な日
夢をあきらめずに
やっとここまで来たんだね

今、きみたちは
最高のステージに立っているんだ
ヒーローとヒロインのように
ひとりひとりが主人公

今、きみたちは
最高のステージに立っているんだ
さくら色に輝きながら
ひとりひとりが主人公

## 「日赤アネラ」に喝采を

新年度を迎え、今年も大勢の新採用職員が入社した。新人の皆さんは入社式やオリエンテーションなどで、この一週間は緊張の連続だったことだろう。その緊張感が一気にはじけるのが恒例の新採用職員歓迎会だ。今年は金曜の夜に行われたこともあり、いつも以上に盛り上がった。

しかし、異様な熱気と喧騒のなか、いつも残念なのはクラブ紹介だ。今回も十七ものクラブが趣向を凝らして懸命にアピールしたのだが、哀しいかな前の方の一部の人たちにしか伝わらない。盛り上がるかどうかの問題ではなく、大部分は聞いていないのだ。人いきれのなかで、先輩たちの絶叫がむなしく響く。我がフットサルクラブも健闘した方だとは思うが、会場を席巻したとは言えなかった。ステージが観にくい会場の問題もあるのだろう。いっそ来年は研修ホールに会場を移し、真ん中にステージを作る武道館方式にしたらどうか。

そんななか、一矢報いてくれたクラブがある。フラダンスの「日赤アネラ」だ。青山礼子看護師長をリーダーとしたこのダンスチームは、見事観衆をひきつけゆったりとした動きで会場の雰囲気を一変させた。それほどの衝撃だった。普段厳しい？表情の先輩職員たちがゆるやかな手や腰の動きで「天使（アネラ）」にも見えた。思わず、米国の劇作家バーナード・ショーの言葉、「青春？　若い連中にはもったいないね。」を思い浮かべた。このクラブ、男子禁制ではないらしいが、入る勇気もなく当面一ファンとして活動を見守りたい。

悔しいことに、いや失礼、うれしいことに新人の余興の出し物はどれも大喝采で、会場は大盛り上がりだった。新採用職員が楽しんでくれればそれでいい。それが歓迎会の最大の目的だから。それでも若さについていけず、長時間の立食に体力ももたず会場を後にしたり、周囲の椅子に座り込んでいたりする諸先輩たちを見ると哀しい気持ちにもなった。

だからこそ、「日赤アネラ」の快挙に喝采を贈りたい。けっして声を張り上げず、顔には穏やかな微笑を浮かべ、ゆるやかにたおやかに、ウケを狙うこともなく、流行にも流されず、優雅に若者たちまでも惹き込んだ。

この言葉を贈りたい。「若い者も美しい。しかし、老いたる者は若い者よりさらに美しい」（米国の詩人ウォルト・ホイットマン）。

いや、「老いたる者」を「何かを成し遂げてきた者」に変えて。

## 創立百周年のショートショート

来年（二〇一四年）の十二月一日で当院は病院創立百周年を迎える。あと一年半だ。石川院長のあいさつなど、いろいろなところで百周年が語られているので、院内の雰囲気も少しずつ盛り上がってきた。

しかし、その百周年に疑義を訴える者が現れた。謎の仙人Xだ。彼が私の部屋に来て言うには、「ふん、来年が百周年だと騒いでおるが、とっくの昔に百周年は来ておるわ」。「そんなはずありませんよ。どういうことですか」と私は尋ねた。「お祝い事というものはな、数え年で祝うものなのじゃ。数えと満の違いが若いおぬしにわかるか？」。「たしか、満は誕生日で計算して、数えは、ええと……」

「ふん、その程度じゃと思うたわ。いいか、よく聞け。数えとは生まれた日を一歳とし、そのあと新年の元旦にひとつずつ年を重ねる数え方じゃ。満は生まれたときは〇歳じゃが、数えではおぎゃあと生まれた時にはすでに一歳なのじゃ」

私はいやな予感がした。「すると、数えでは、今年の元旦で……え？　百歳？」

仙人Xは満足げにうなずいた。「そうじゃ、そして人間のお祝いはすべて数えで行うのが昔からの慣わしなのじゃ。たとえば、七十七歳の喜寿も、八十歳の傘寿も、八十八歳の米寿も、九十歳の卒寿も、九十九歳の白寿もじゃ。そして数えで百歳になったら百寿を祝うのじゃ。つまり満九十九歳になる年にな」

「じゃあ、数えではもう今年の元旦で百歳になっているということですか」私はやっとすべての状況が飲み込めた。「ようやくわかったようじゃの。来年まで待っておったら百一歳になってしまうわ」老人Xは含み笑いを抑えながら重ねて聞いてきた。「で、これを聞いてどうする？　おぬしも百周年、百周年と騒いでおったくちだろう。さあ、読者のみんなにどう釈明する？」私は、しばらく考え込んだ。仙人Xの言うことももっともだ。理にかなっている。部屋に気まずい沈黙が流れた。

そのとき、総務課の塚越杏菜主事が決裁を持って部屋に入ってきた。部屋の重苦しい雰囲気を察した彼女の目が私に、「どうしたのですか？」と聞いてきた。私はことの一部始終を話した。仙人Xは、ははは と笑いながらその様子を見ていた。

すると彼女はあっけらかんとこう言い放った。「だったら、今年も来年もお祝いしたらいいじゃないですか。数えも満も百周年って！」

それを聞いた仙人Xは、「お嬢さん、わしの負けじゃ。そんな発想は思いもつかなんだ。柔軟な心は恐ろしいのう」とつぶやいて、すうっと消えていった。

誰かが私の肩をぽんぽんと叩いた。目を開けると、塚越主事の顔があった。「だめですよ。仕事中に居眠りなんかしちゃ」。どうやら、百周年問題は私の心に引っかかっていた懸念だったらしい。その潜在意識が仙人Xの姿となって私を苦しめたのだ。しかし、今はすっかり吹っ切れた。私は、塚越主事の顔をにやにやしながら見つめた。彼女もまた、不思議そうに見返してきた。

## ファーガソンの教訓

プロスポーツの監督ほど不安定な職業はない。すぐに結果を求められる。なかでもプロサッカーの監督は過酷だ。リーガエスパニョーラ、セリエA、プレミアリーグなど、注目度の高い主要リーグの監督ならなおさらだ。極端なケースでは、就任して数試合勝てなければ解任されることだってある。ビッグ・クラブでは、スーパースター（選手）との軋轢が原因で、選手をとるか監督をとるかの論争にもさいなまれる。

しかし、そんな厳しい世界で、ひとつの名門クラブを実に二十六年半も率いてきた監督がいる。先日勇退を発表したイングランド、プレミアリーグのマンチェスター・ユナイテッドのアレックス・ファーガソンだ。その間、実に千五百ゲームを指揮し、欧州チャンピオンズリーグ二度を含む三十八個のトロフィーを獲得した。

工業地帯の労働者を中心とした熱狂的なサポーターを持ち、全世界から注目を浴びる超人気クラブで、常に結果を求められるのは、想像を絶するプレッシャーだ。ストレスをどうやって解消してきたのだろう。

BSで観るファーガソンは実に熱い人だ。ゴールを決めると両手を挙げベンチから飛び出し喜びを爆発させる。ハーフタイムにはベテラン選手にも顔を近づけて怒鳴り散らすと聞いた。あのベッカムに対してスパイクシューズを投げつけ、眉毛の辺りに傷を負わせたこともある。私は感情をあらわにすることでストレスを発散してきたのだろうと思い込んでいた。

しかし、先日、ニューズウィーク日本版を読んで、それが間違いだと知った。サイモン・クーパー記者の記事に、彼のストレス対処法が書かれていた。プレッシャーにつぶされそうな友人から相談された彼は、「心の中で自分に目隠しをすればいい」と答えたそうだ。フィリップ・オークレア氏のインタビューでも、「生き延びてこられたのは、いわば無の境地になることができるからだ。あらゆる出来事を受け流し、誰に何を言われても気にならない心理状態に自分を置ける」と答えている。まさかファーガソンから東洋の思想が出てくるとは思わなかった。

トップになればなるほど、周囲からの忠告、中傷は増えてくる。もちろん真摯に耳を貸すことは大事だが、そのすべてに応えていると自分じゃなくなってしまう。伝統と人気があり、注目を浴び、常に結果と内容が求められる超ビッグクラブ……。ファーガソンの教訓は身につまされる。

## セピア色のニュースペーパー

七月十九日、病院創立百周年まで五百日のカウントダウンが始まった。花火こそあがらなかったが、正面玄関ロビーで記念のセレモニーが行われた。設置された大型モニターに500の文字がくっきりと表示された。これから日々ひとつずつ小さくなり、やがてゼロになったとき運命の時を迎えるのだ。その日を輝きに満ちた日にするために、職員がひとつになれたら素晴らしいなと思う。

何にでも、誰にでも、始まりのときがある。当院は大正三年十二月一日、県から結核撲滅事業の委託を受けた支部が、結核療養所を開設したところから始まった。私の赤十字との出会いは、昭和五十五年七月のある日の新聞求人広告だった。水族館勤務の夢破れ八か月間住んだ京都から戻ったころだった。何か資格をと思い簿記三級を取得して、毎日、新聞の求人欄を見ていた。そこに当院の求人が載っていた。そこには、こう書かれていた。「業務拡張に伴い、大幅増員！○男子事務職員○・高卒20歳迄簿記要・大卒24歳迄　※九月一日迄に勤務可能者」。私はすぐに応募した。赤十字の、病院の何たるかも知らずに。

その運命の求人広告と、先日約三十三年ぶりに再会した。切り取っておいた記憶があったが、どこへしまったのかすっかり忘れていた。発見したきっかけは、これもひとつの縁だ。当院がコンサルト契約をしている不動産会社の鑑定士の藪亀邦恭氏から、藪亀さんが会員となっている有志の会で講演してほしいと依頼を受けたことだ。テーマは「赤十字の誇りを胸に　～RED CROSS PRIDE～」とした。パワーポイントの導入部の自己紹介で、昔の写真を入れようと押入れから古いアルバムを引っ張り出した。懐かしい写真たちの間にその新聞の切れ端は保存されていた。セピア色に変色してしまっていたが、アルバムのビニールで密封され空気に触れていなかったせいか、文字ははっきり読むことができた。この一枚の新聞の切れ端が私の運命を変えたのだ。人生を導いてくれたのだ。そう思うと、再会に文字がにじんだ。

創立百周年、ひとことで、百年といってもぴんと来ない。誰も百年生きていないからだ。そんなとき、自分自身が働いてきた時間の流れをベースに考えてみるとイメージしやすい。私なら三十三年勤務したから、ちょうどその三倍。セピア色に変色したニュースペーパーを見つめながら、悠久の時の流れに思いを馳せた。

## リーダーへの、心の旅

リーダーシップ研修が始まった。三年をかけてすべての役職者に実施する予定のこの研修。第一回の参加者はみな、「リーダーシップとは何か」、「リーダーとはどうあるべきか」を知りたがっていた。しかし、コーチングの会社が企画するこの研修では、いきなり答を教えたりしない。「答はそれぞれの人の中にある」という方針からだ。参加者は与えられたテーマに対して対話しながら深く考える。そして、みずから答を求めてゆく。心の声を聞くのだ。それゆえ、この研修に終わりはない。いや、終わってから始まるのだ。

　私も心の声を聞くために旅に出た。最初に出会ったのは、小高い丘に生えた一本のすももの樹だ。こんなひと気のない丘にも、樹に向かって一筋の道ができていた。なぜこんな人里はなれたところに道ができたのか。樹は何にも語らず、ただすっくと立っていた。あたり一面、すももの甘い香りが漂っていた。

　丘をくだる途中、急ながけで足を滑らし滑落した。気がつくと、そこは明治維新後の日本。タイムスリップしたのだ。しかも、西郷隆盛が欧米列強との外交交渉を行っている場面であった。強硬な諸外国に対して西郷は一歩も譲らず、強い覚悟をもって臨んでいた。のちに「南洲翁遺訓」の十七条に記述された「正道を踏み国を以て斃《たお》るるの精神なくば、外国交際は全かるべからず」の現場である。たとえ、国が倒れる危険があろうとも必ず成し遂げるのだという強烈な覚悟がなければ交渉は成り立たない。当院にも時代の流れが押し寄せてきている。高度急性期病院へ向けて大きく舵を切らんとするこの時期、求められるものはこの「正道を踏み国を以て斃るるの精神なくば」の覚悟であろう。たとえ一時的に弊害が起きようとも。根底にあるものは「大義」である。

再び気を失い目を覚ますと、港の岸壁にいた。現代に戻ってきたのだ。言い争う声に振り返ると、東京中央銀行の半沢直樹融資課長が国税局のエリートに向かって、大見得を切っていた。「人の善意は信じますが、やられたらやり返す。倍返しだ！　それが私の流儀だ！」目が釣りあがり人相が変貌していた。この強さ、気合い、執念深さに目を見張った。

「人徳」、「覚悟」、「大義」、「強さ」、「執念」。

少しずつ宝物が見つかってきた。しかし、なりたいリーダー像を見つける旅は始まったばかり。心の旅はまだまだ続く。

## 半沢直樹論

今年の流行語大賞はまれに見る大混戦だ。「アベノミクス」と「今でしょ！」が最有力候補だと思っていたが、ここにきて「倍返し」と「お・も・て・な・し」の一騎打ちの様相となってきた。前者は、ご存知、今人気沸騰のＴＢＳドラマ「半沢直樹」の決め文句、「やられたらやり返す。倍返しだ！」から。「十倍返し」、「百倍返し」などのバリエーションもある。

巷では、この言葉がいたるところで使われている。小学生だって甲高い声で啖呵を切っている。もちろん社会の不条理が身にしみているサラリーパースンは、共感を超えてカタルシスさえ味わっている。

このドラマは、時代の最先端を行く大手銀行が舞台となっている。しかし、私は勧善懲悪の時代劇だと思って観ている。両者にはいくつかの共通点がある。①盛り上がるところでの決め文句がある。「水戸黄門」の「この印籠が目に入らぬか！」、木枯らし紋次郎の「あっしには関わりのねぇことでござんす」、遠山の金さんの「この桜吹雪に見覚えがねぇとは言わせねぇぜ！」など。②絵に描いたような悪人と善人が登場する。香川照之扮する大和田常務のアップで、作り笑いから白目をむいて無表情に変わる瞬間などテレビ史上に残る悪役ぶりだ。その大和田常務と腰巾着の岸川業務統括部長との密談は、必殺シリーズの悪代官たちの会話、「おぬしも悪よのう」「お代官様こそ」「ぐふっぐふっ、ぐふぁふぁふぁ」のパロディだ。③脇役を渋い役者で固めている。主役を支えるいいもん（勧善懲悪ではこの言い方しかない）はもちろん、悪役の配役は再重要。半沢の永遠のライバル、金融庁のエリート黒崎役の片岡愛之助などほとんど歌舞伎を演じている。あとのお仕事に影響しないのかなと心配してしまうくらいのデフォルメである。ひょっとして、香川照之（市川中車）を異常に燃えさせるために、片岡を起用したのではないかと勘ぐってしまう。

この原稿を書いているのは第九話を観た後だ。来週が最終回。はたして、同期の友人近藤は大和田常務に寝返ってしまうのか。半沢の復讐は成るのか。最後の最後でどんな仕掛けがあるのか。ああ、日曜日が待ち遠しい。

え？　このコラム、ベタ過ぎて面白くなかったって？　そんなこと言われたらぼくだって面白くない。「言われたら言い返す！〇〇〇〇！」……ふっふっふっ、言わないよ。

## 夜明け前

蒸し暑さが一変し、急に寒くなった仲秋の三連休、一冊の本を読んだ。稲盛和夫氏の『燃える闘魂』（毎日新聞社）だ。稲盛氏は京セラ、ＫＤＤＩの設立者で、二〇一〇年、倒産した日本航空の会長に就任、同社を劇的に再建した経営の神様のような存在だ。

氏は言う。京セラで誇るべきは、「創業から今日まで五十四年間ただの一度も赤字決算がないこと」だと。しかも、ほぼ二桁以上の高い利益率を保持している。昨年度の医業収支利益率、一・一％の当院からすれば夢の数字だ。企業経営の真髄に触れたくて、一気に読んだ。

この本で一貫して主張されていることは、「リーダーの資質」である。氏は言う。「リーダーはどのような厳しい状況に遭遇しようとも、『絶対に負けない』という闘争心を燃やし、その姿を部下に示していかなければならない」と。「闘うリーダーの背中を見てこそ部下の士気は高まっていく」と。

氏が日本航空の会長に就任したとき、真っ先に社員に伝えた言葉がある。それは「不撓不屈」の心だ。「どんな苦労があろうとも、どんな困難に直面しようとも、全員の力でこれを乗り越え、必ず日本航空を再建しよう」と訴え続けた。氏が会長に着任して最初に感じたのは、「倒産した」という実感のない、どこか人任せの雰囲気であったという。だから、「日本航空は倒産したのだ」という現実を社員に認識してもらい、危機意識を共有させた。確かに会社や組織が巨大化すればするほど、今そこにある危機は現実のものとして実感されにくい。しかし、「約束の地」などどこにもないことを知らなければならない。知らない間に少しずつ水の温度は上がってきている。ゆでがえるになってはいけないのだ。

来年は病院創立百周年。先輩たちが紡いできて、ついに到達する輝かしい年だ。九十九年目の今年は、言わばその前夜だ。百年の夜明けは刻一刻と近づいている。誰もが夜の向こうには美しい朝が来ると思っている。しかし、「約束された朝」などどこにもないのだ。夜明け前が一番寒い。厳しい冷え込みで朝霧が立ち昇っていく。今、心をひとつにして、朝を迎えなければだめだ。暖かな陽の光がなければ、霧は晴れない。視界が悪ければ、病院の未来だって見えてこないのだ。

稲盛氏の本を読み終えたとき、わたしの心に「闘魂」の火が灯った。

その火が……自分を燃やし尽くせと言う。

## BEAT&PRIDE

Heart beat！　胸の鼓動
Going on！　響かせよう

パソコン開けば　情報の渦
何が正しいのかさえわからない
感覚が麻痺してしまう前に
エッジの利いた質問で
魂に問いかけよう

どんな自分になりたい？
どんな自分なら満足できる？
なりたい自分になれたら

どんなことが手に入るだろう?

I'm proud　熱いプライド
Going on!　抱きしめよう

やることすべてが　うまくゆかずに
道のはじっこ　肩落として歩く
誇りさえ失くしてしまう前に
エッジの利いた質問で
魂に問いかけよう

どんな自分になりたい?
どんな自分ならドキドキできる?
なりたい自分になれたら
どんなことが手に入るだろう?

海賊ルフィの声が聞こえる

「できるかじゃなくて　なりたいかだろ?」
海賊ルフィの声がささやく
「相手が誰だろと　超えてゆくんだ!」

Heart beat!　胸の鼓動
Going on!　響かせよう
I'm proud　熱いプライド
Going on!　抱きしめよう

## 2014年
（平成26年）

◎は世の中の出来事　〇は八事日赤の出来事

◎御嶽山大噴火
◎消費税8％にアップ
◎診療報酬・介護報酬制度の同時改訂
◎2025年に向けてのロードマップ・スタート
◎国民的俳優　高倉健さん死去
◎エボラ出血熱でWHOが緊急事態宣言
〇病院創立百周年を迎える
〇病院南側隣地を取得、将来構想の夢広がる。百周年記念事業発表

### 質問の技術

コーチングの重要なスキルに「戦略的質問」がある。質問して相手に自ら考えさせるコーチングでは、どんな質問をするかによって成果が違ってくる。コーチの「質問の技術」が問われるのだ。質問で、コーチングを受ける人の心を揺さぶり、眠っているモチベーションやアイディア、情熱を掘り起こすことができれば成功だ。混沌とした思いを解きほぐし、迷いの森に光を与えることもコーチングの効果だ。

良いコーチになるためには、「質問の技術」を磨かなければならない。そんなとき、一冊の本に出会った。村上龍氏の『カンブリア宮殿　村上龍の質問術』（日経文芸文庫）だ。カンブリア宮殿とは、成功している実業家を招いて村上氏がインタビューするテレビ番組だ。この本で、村上氏はどのような思考回路で、ゲストにぶつける質問や疑問を準備している

のか、その手法が明かされる。

しかし、ちょっと待て。答を探している人に対するコーチングと、すでに結果を出している成功者へのインタビューでは、根本的に性質が違う。私も最初はコーチングを意識して読み始めたわけではない。しかし、読み進むうちに、コーチングに相通ずるものがあるのではないかと思えてきた。村上氏はインタビューする前に徹底的にゲストの経歴、著書、企業の業績、業界の情勢などを調べあげる。そして、その膨大な情報の中から、「核となりうる質問」を考える。たとえば、日産自動車の社長兼ＣＥＯのカルロス・ゴーン氏には、「どうして派遣や期間工を首にしないといけないのか」、ブラザー工業の小池利和氏には、「どうしてミシン製造会社のなかでブラザーだけが、プリンターやファックスやカラオケを作ることができたのか」、ソフトバンク社長の孫正義氏には、「リーダーはビジョンを語れと言われるが、そもそもビジョンとは、何なのか」などである。これは私の勝手な推測だが、ゲストは様々な質問に答えるうちに、あたかもコーチを受けたように自らのポリシーや経営方針などをあらためて整理できたのではないか。きっと新しい発見もあったのではないか。

ゲストに対する質問を考えるとき、村上氏は「何よりも大切なのは、常識にとらわれない『好奇心』だ」と言う。「これはちょっとおかしいぞ」、「『王様は裸だ』的な、素朴な疑問に気づくことができるか」にかかっていると言う。

昨年多忙さを理由にして、コーチングができなかったステークホルダーの皆さま、申し訳ございませんでした。今年は一皮向けたコーチとなってコーチングに励みます。しかし、ご注意あれ。「常識にとらわれない好奇心」をもって望みますので、くれぐれも。

## 本物に触れる日

元巨人軍の大エース桑田真澄さんの講演は、心に残る言葉の連続だった。小学校時代から、PL学園のエースとして甲子園を沸かすまでの成長の過程が語られた。キーワードは「挫折」と「コンプレックス」。からだの小さな桑田さんが大投手になれたのは、小さな努力を継続して成功体験を積み重ねたからだった。

数多くのメッセージのなかで、最も心に響いたのは「本物に触れる」という言葉だった。桑田さんは言う。「本物に実際に触れなければほんとのことはわからない」。大リーグに憧れ続け、巨人軍退団後ついに三十八歳で挑戦した。年齢やけがから来る衰えを懸念して、誰もが「無謀なチャレンジ」だと思った。しかし、新天地での様々な試練を克服して、桑田さんはパイレーツの投手としてついにメジャーのマウンドに立った。二〇〇七年六月十日は桑田さんが本物に触れた日だ。

今年の春、私にも本物に触れる日がやって来る。四月十八日の夜、フォークの（ロックの？）

神様ボブ・ディランが名古屋に降臨する。運命なのか、電話予約が奇跡的に通じて、スタンディングチケットを入手できた。彼はすでに七十二歳、公演の新聞広告には、「世界がうらやむ日本限定特別公演」とある。彼ほどミュージシャンのなかで、こうあるべきだとイメージや曲の解釈を強制された人はいない。フォークギター一本の弾き語りでメッセージ色の強い歌を歌うのが「ボブ・ディラン」だと狂信的なファンは決めつけ、ロックギターでバンドを引き連れてステージに上がると、「ユダ！（裏切り者）」と罵られた。名曲「風に吹かれて」は、その歌詞から反戦ソングの象徴と祭り上げられた。他の曲も彼の思いとは裏腹に勝手に解釈されていった。そんな風潮に彼は辟易していたという。彼の最大のヒット曲、「ライク・ア・ローリング・ストーン」は、自分を包んでいるすべてのものを取り去ったあとの自分こそが真の姿だと歌うが、そんな彼の思いがこめられているのだろうか。私のペンネーム「転石」もこの曲から取っている。

ボブ・ディランの存在をより神秘的にしているのは、その歌詞が哲学的だからだろう。だから様々な解釈をされ「時代の代弁者」などと言われる。ノーベル文学賞の候補にさえなった。私も物書きの端くれ。人の心を揺さぶるような物語を書きたい。四月十八日はその「本物」に触れられる運命の日。そういえば、「本物に触れなさい」と伝えた桑田さんの講演のテーマは、「夢をあきらめない」だった。

## ドコモショップでの生還

災難はいつも突然身に降りかかる。ある日曜の朝、調べ物をするためスマホのグーグルに入力しようとしたときそれは起こった。いつもとキーボードのデザインが違う。最初は、夜のうちにネットで自動的に更新されたのかと思った。しかし、ローマ字で入力しても日本語に変換されない。「ぼく」はいつまでたっても「BOKU」なのだ。入力切替のキーをタッチして画面を変えてもどうにもならない。次第に事の重大さに気付くとともに、何とも言えない疎外感が襲ってきた。子供のころ味わったこの感覚。子供会のイベントで隣り町の小学校へ行った帰り道、上級生たちがふざけながら走り去ってしまい、取り残された心細さに似て。しばらくメニューの「設定」画面をいじって「言語とキーボード」から何とかならないかやってみた。電源を一回落として、入れなおしたらいつものキーボードが「びっくりさせてごめんね」と蘇えるかもとやってみた。しかし、すべて徒労に終わった。

頼むべきは友。詳しそうな友人に、メールやラインで窮状を伝えた。「SUMAHO KOWARETA NIHONGO DEKINAI」と。すぐに返事が来た。「HAYAKU SHOP ITTEKOI」完全に面白がっている。日本語が使えないとはこんなに息苦しいものなのか。ほとんど窒息状態で息も絶え絶えになってきた。吹雪の山で遭難したようなものだ。山小屋の灯りを探して街へ出た。

ドコモショップは混んでいた。「スマホが壊れました」と正直に言って順番を待った。

やっと呼ばれてブースに座った。対応してくれたのはまだ新人と思われる若い女性Sさん。ことのいきさつを悲壮感漂わせて話すと、Sさんは笑いもせず真剣に聞いてくれた。「失礼します」とスマホを受け取り、いろいろチェックした後、『編集』の『入力方法』が『外国語キーボード』になっていたからですよ。日本語に直しておきました」と笑顔で答えてくれた。「他に気になることはありますか？」と聞かれたので、ショートメールが届かない、パスワード忘れてラインのスタンプが買えない、SDカードがいっぱいで……など、日ごろのうっ憤すべてをぶちまけてみた。Sさんは、その要求のすべてに応えてくれた。結局お金も払わず生き返った気持ちで店を出た。そして考えた。何だ、この心からの満足感は。Sさんが素晴らしいのか、いや、おそらくショップの教育の力に違いない。

ひるがえって、考えた。私は患者さんに同じように接しているだろうか。満足していただいているだろうか。ひょっとしたら、知らない間にスマホの入力方法が変わって、ご不便をおかけしているのに気付かずにいるのでは？ 今回のことは、気づきを促す神のおぼし召しだったのではないか。だとしたら……ジーザス！

## 反骨のサクラ

この春もサクラは咲き誇った。テレビのキャスターは「満開です！」と浮き足立ち、人々はサクラのもとで宴を繰り広げた。南から北へ桜前線が日本を薄紅色に染め上げて行った。

しかし、「花は咲き、花は散る」。花の多くが色褪せながらしぼんでいくなかで、サクラは美しいまま花びらを散らす。それはまるで老いるのを拒んでいるかのようだ。桜吹雪がやみ、花びらたちが雨に流されてしまう頃、誰もがサクラのことを忘れてしまう。残された枝にはもう若葉が芽吹いている。もてはやされた春が過ぎ、夏には虫が付き、秋には枯葉を落とし、冬には木枯らしに荒れた木肌をさらけ出す。サクラほど浮き沈みの激しい存在はない。人生流転の象徴だ。

海の向こうのカルチョの国で、ひとりのフットボーラーが苦しんでいる。ACミランの本田圭佑だ。一月に行われた華やかな入団記者会見では、球団やサポーター、メディアからの期待感に包まれていた。本田も見事な受け答えで応対した。「自信がないと要求しない」と、名門クラブのエースナンバー10を自ら望んだことを明かした。日本のファンは、世界屈指の強豪リーグの名門ACミランで本田がどこまで通用するか不安を抱きながらも、本田ならやってくれると信じていた。それは今までの彼の言動から裏打ちされた確信のようなものだった。しかし、サッカーに詳しいファンなら、本田のフットボーラーとしてのキャリアは、実はそれほどでもないと知っている。名古屋グランパスでプロ入り、三年後オランダリーグのVVVフェンロに移籍、北京五輪に出場するも無得点で活躍できず、その後はロシアリーグのCSKAモスクワでプレーした。どのリーグもどのクラブも世界的には強豪とは言えない。

記者会見で、彼は「夢がかなった」と語った。彼の口から「夢」という言葉が出たとき、私は違和感を持った。本田なら「夢」などと言わず、「ひとつの通過点」と言ってほしかった。到達してしまったことで反骨の魂が抜かれてしまったのか。リーグが始まり、私の不安は的中した。得意なトップ下でプレーできないこともあり、精彩を欠いたプレーが続いた。「二軍の若手の方が上」などとメディアは酷評し、サポーターはブーイングした。

しかし、私はこの状況にむしろほくそ笑んでいる。そして確信している。本田がこの逆境を、人生の浮き沈みを乗り越えて、またあの不敵な笑いと図太い態度を世に示すことを。本田はサクラだ。花が散ってしまった今こそ、彼から目が離せない。サクラが厳しい冬を耐え抜き、春にまた咲き誇るように、本田もまた、イタリアの大地に「反骨の花」を咲かせるに違いない。

## 16㎠の伝説

本編は、コラム「本物に触れる日」の続編である。四月十八日、ついにフォークとロックの神様ボブ・ディランが名古屋のライブハウスに降り立った。伝説の人にもうすぐ会える。開演時間が近づくにつれ胸は高まった。会場はオールスタンディング。椅子などはない。狭いスペースにぎっしり詰め込まれたファンの熱気で息苦しくなる。

突然、会場が暗くなり、大音量で演奏が始まった。ファンは最初から興奮状態に。独特の嗄れ声で歌いだすディラン。高音は粘りつくようなあの声だ。七十二歳とは思えない声量。しかし、背の低い私は前の人たちの頭でまったく姿が見えない。ディランはどこに。失望が心を支配しかけたとき、彼が突然現れた。前の聴衆がリズムに合わせてからだを揺らしたわずかな狭間だった。まるで、流れる雲の合間に、顔を出した月のように鮮烈に。しかし、その神々しい姿も一瞬。また、厚い雲に覆われてしまった。

せっかく苦労して手に入れたチケット。憧れ続けたロックの詩人。私は恥も外聞もなく奇策を講じた。革靴を両方脱いで縦に重ねた。かかとの部分は二足分の高さになった。そして、その上に靴下のまま乗って、つま先立ちをしたのだ。お気に入りのタケオキクチの革靴のかかとが履き古されたスニーカーのようにつぶれた。心は痛んだが、靴ほどではなかった。すべてはディランを観るためだ。当然、片方の面積しかないので、両足を乗せることはできない。そこで、サーフボードに乗るように前後に足をずらして、かかとの方に乗せた足だけ爪先立ちした。目線は確実に十センチ高くなった。すると突然、聴衆の頭と頭の間から、神々しく歌っている姿が見えた。思わず温厚な私の口から「うぉー」と声が出た。後ろの人は驚いたに違いない。前のちっちゃい奴が突然高くなり視界をふさいだのだから。私はどちらかといえば善意の人だと思っているが、このときばかりは人のことなどかまっていられなかった。しかし、この秘策には致命的な欠陥があった。異常にバランスが悪く、背伸びしたふくらはぎが間もなく悲鳴をあげはじめたのだ。最後にはつり始めた。そこで、ときどき床に降りて足を休ませた。またまた後ろの人は面食らったに違いない。なにしろ身長が時々十五センチくらい伸び縮みするのだから……。

こうして、私のディランとの逢瀬は終わった。下半身は一度も見えなかった。靴をつぶしてまで観たロックのカリスマは、履歴書の写真のようにたった四センチ四方の大きさだった。しかし、それでも私は満足した。すべて手に入らないからこそ伝説なのだと心に言い聞かせて。

## 我が戦友

梅雨入りした日の夕方、私は彼を部屋に招き入れた。彼は赤い服を着ていた。頑丈な生地だが、方々、糸がほつれ色褪せていた。かなりくたびれた身なりだと言っていい。彼からは夕立のあとの土のようなにおいがした。知り合ってから一時間もたつのに、彼は一言も口を利かなかった。しかし、間違いなく饒舌に私に語りかけてきていた。

彼と出会った場所は、病院の図書館である。普段は医学雑誌ばかりで利用することもない。病院創立百年史の編集委員である私は、他の日赤病院や企業の年史を参考にしようと、ひと気のない書棚の森に分け入った。彼は一番奥の書棚、記念誌コーナの片隅にひっそりとたたずんでいた。そう、彼は人間ではなく本なのだ。重厚な装丁の年史たちに挟まれじっとしていた。本のタイトルは「日本の赤十字」。手に取って開いてみると、ハードカバーの本の背表紙がみしみしと音を立てた。「乱暴に扱うな」と怒っているようだった。古本屋で嗅ぐ埃のにおいがして、鼻の奥がつうんと痛くなった。いつ頃の本なのか気になって、奥付《おくづけ》を開いてみた。そこにはなんと、昭和三十二年五月十日印刷、同年五月十五日発行とあった。私は昭和三十二年三月生まれだから、この本は私の生まれた二か月後に世に出たのだ。そう思うと愛しさが溢れてきて、書棚へ戻せなくなってしまった。だから借入の手続きをして自分の部屋に戻ってきたのだ。

本を机の上に置きじっと見つめた。彼はこの世に生を受け今日まで、どんな人生（?）を歩んできたのだろう。傷の付き具合や色褪せ方からして、けっして順風満帆とは思えなかった。五十七年間の間には図書館の引っ越しも何度か経験したことだろう。その都度、廃棄されず生き延びてきたその生命力に敬意を表する。彼の五十七年間は私の五十七年でもある。彼は、私が「神童」と詠われた時も、ペレに憧れブラジルへサッカー留学を計画した時も、高校で挫折した時も、下関の大学で魚の研究をしていた時も、卒業後、京都で放浪していた時も、新聞広告で当院に就職した時も、どの一瞬一瞬にもひっそりと、そして、したたかに生き抜いてきたのだ。そのひび割れた肌や傷だらけの風貌には彼の長い歴史が刻まれている。

私は彼のことを「戦友」だと思った。同じ春の日に世に生を受けて今日まで、いくつもの峠を越えながら生き永らえてきた。もしもこの先、廃棄されることになった時にはどうか私に知らせてほしい。今後、どこまで続く人生かわからないが、引き取ってこの大変な人生をともに歩いてゆきたい。そして、いつか私が死んだときには棺に入れてほしい。

返却日には再び私のもとから離れ、また、あの平凡な日々に戻っていく友よ。でも、今までと違うことが一つあるのだよ。ときどき戦友が会いに行くのだ。待っていておくれ。

## 敗れざる者（鳴かないカナリア）

信じられないものを観た。サッカーのワールドカップ準決勝のブラジル対ドイツ戦。地元優勝を期待されたブラジルは、強豪ドイツに完膚なきまでに叩きのめされた。伝統のカナリア色のユニフォームが泣いていた。いや、カナリア色のスタジアム全体が泣いていた。ネイマールをけがで欠き、キャプテン、チアゴシウバも出場停止になっていた。攻守の要のふたりが抜けた穴は確かに大きかった。しっかり守って、ネイマールに預けて個人技で勝ち抜いてきたチームだからだ。しかし、それにしてもドイツの怒涛の攻撃にここまで無抵抗でやられるとは。十一分の先制に続き、二十三分からの六分間に四ゴール。このレベルの対戦では通常ありえない。自信にあふれたドイツのパスサッカーに成すすべなく翻弄された。こんなブラジル、見たことがなかった。こんなブラジル、見たくなかった。何よりも、あのおびえたような選手たちの様子には驚いた。昂る魂を込めて歌った国歌の残響は、夜空のかなたに消えた。

そして、日本代表。一分け二敗でグループリーグ最下位敗退。第一戦の逆転負け（エースが先制ゴール）、第二戦の引き分け、そして南米の強豪との第三戦で粉砕した経過は、二〇〇六年のドイツ大会と全く同じだった。デジャブ（既視感）でないのは、ドイツ大会も現実だったということだ。両大会の間に二〇一〇年の南アフリカ大会がありベスト十六に勝ち残った。しかし、これは大会直前の超守備的システムへの変更が功を奏した結果だ。今年の流行語大賞にノミネートされそうな「自分たちのサッカー」を貫いた結果ではなかった。スポーツマガジン「ナンバー」臨時増刊号の表紙は、本田圭佑の敗退直後の表情と「この四年間は間違っていたのか」のコピーだ。でも、正しくは「この八年間、日本は世界に近づいたのか」だろう。

しかし、本田よ、香川よ、長友よ、ブラジルの選手たちよ、恥じることはない。今日、負けただけだ。今日、涙しただけだ。今日、弱かっただけなのだ。これですべて終わったわけじゃない。これからもサッカーは続いていく。人生は続いていくのだ。優勝したドイツだって、二〇〇〇年の欧州選手権でどん底を味わっている。ポルトガル、ルーマニア、イングランドと当たった一次リーグで最下位の敗退を経験している。その屈辱から立ち直るため、国を挙げて選手の育成に取り組んだ。その結果が見事実を結んだのだ。はるか昔、弱かった日本チームを指導するために来日したドイツのデットマール・クラマー氏は言った。「試合終了のホイッスルは次の試合へのキックオフのホイッスルだ」と。もう四年後の大会は始まっている。この屈辱、晴らさでおくべきか。

## いつもと違う夏

「答が出ずに生きてる事は　ためいきだけの生活」。井上陽水のデビュー当時の曲「いつもと違った春」の出だしだ。少年から大人になる狭間の切なさを歌った名曲だ。いつものように、すみれが咲いてひばりが鳴いて、待ちわびた春の訪れに心は躍るのだけれど、なんだかいつもと違う。大人になるにしたがい、春を楽しむ時間は短くなってしまうのだろうかと憂う。

当院の夏も、いつもの夏となんだか少し違う。いつものように、強い日差しが照り付け、夏祭りは、患者さんや近所の皆さんでにぎわい、スポーツ大会では秋の仙台をめざして各クラブが好成績を残した。

けれども、やっぱり今年の夏はいつもの夏となんだか少し違った。何を見ても、何を聞いても、薄いフィルターを通したように感じてしまう。心から楽しめないのだ。それは今まで経験したことのない重苦しさだ。きっと、この気持ちは程度の差こそあれ、職員みんなが感じていることだろう。心の底、どこかに「経営状況」の文字が沈んでいる。昨年度の医業収支の赤字から脱却しなければならないのだ。診療単価、新規入院患者数、ＤＰＣ入院期間、病床稼働率などの数字に一喜一憂する毎日。すべては医業収支に結びつく重要な指標だ。今年度の立ち上がりも、診療報酬の改定や消費増税の影響を受け、けっして良くはなかった。しかし、六月に設置された、石川院長をリーダーとした経営改善委員会の働きかけに、各診療科、各部門、各委員会、そして職員一人ひとりが経営のことを真剣に考え始めた。そして、行動し始めた。七月、救急外来は不応需ゼロを達成し、それが高度な手術の増加や救急ユニット系の稼働率アップにつながり、高い入院診療単価を記録した。紹介外来へシフトした外来も、現時点では、診療単価が上がり患者数の減少を補っている。会議をすれば、「経営改善するまでは……」、「経営のことを考えると……」という言葉が医療職から出るようになった。名古屋第二の職員の集結力、底力が現れ始めた。地域住民のために、高度急性期の医療を担ってきたのだ。職員みんなが日々、必死で、身を粉にして働いた分だけ幸せにならなければやりきれない。

陽水風に言えば、『結果』が出ずに生きてることはため息だけの生活」だ。ため息だけの生活はいやだ。来年の夏はみんなで心から笑っていたい。夏を謳歌したい。職員が心をひとつにしてこの危機を乗り越えよう。そう考えると、「いつもと違う夏」にも大きな意味があるのだ。

## 表現者になろう

ＮＨＫ大河ドラマの「軍師官兵衛」が佳境に入ってきた。関白、太政大臣となった秀吉が九州を制圧し、今後は小田原の北条家を落とし、明へと野望を広げていく。それと並行して蜜月だった秀吉と官兵衛の関係にも徐々に亀裂が入っていく。それまで、「官兵衛！官兵衛！」と抱きしめんばかりに、官兵衛を称えていた秀吉が、官兵衛の才能に恐れを抱いていくのだ。

演じる竹中直人の演技の変貌ぶりが凄まじい。信長に仕えていたころの竹中の演技は、喜怒哀楽を過剰に表現しすぎて、重厚なドラマの中でひとり浮いているようにさえ見えた。ところが、本能寺の変のあと、官兵衛の秘策により明智光秀を討ち、清須会議で実質上の信長の後継者となったころから竹中の演技に凄味が増していく。動から静への変化だ。秀吉の権力への狂気や、官兵衛への愛憎を目の演技ひとつで表現していく。それが、官兵衛を演じる岡田准一のストイックな演技に絡み合ってドラマをより重厚なものにしている。

竹中や岡田だけでなく、荒木村重（のちの道薫）を演じる田中哲史や、千宗易（利休）を演じる伊武雅刀などの共演者も凄味のある演技でドラマを引き立てている。

演じること、表現すること、これは他人を生きる役者だけの話ではない。ミュージシャンは音楽で、シンガーは歌で、画家や陶芸家は作品で、スポーツ選手はパフォーマンスで、それぞれ自分を表現している。もっとつきつめていけば、芸術家でもプロのアスリートでもない一般の人たちだって、知らないうちに何かを表現しながら生きている。多くの人たちは自分が表現者だってことに気づかないだけだ。でも、それでは、もったいない。一度だけの人生だ。どうせなら、意識してより良い表現者になろう。自分がここにいると主張しよう。

それには工夫とたゆまぬ努力がいる。たとえば、大勢の前でプレゼンテーションを行うとする。パワーポイントも字や数字ばかりで平凡、発表も準備した原稿を棒読み。これでは、人の心に響かない。自分だけのオリジナリティを織り込みながら、パフォーマーを演じるのだ。たとえば、重要なポストを任されたら、自分には荷が重いと思うのではなく、○○ならこの難局をどう演じきるだろうかとか、苦しみ抜いている自分は他人（観客）に悲劇のヒーロー、ヒロインとして映っているだろうかとか考えてみる。自分を客観視する効果もある。

大河ドラマ史上、まれにみる重厚なドラマに仕上がった「軍師官兵衛」。それは戦国の世の群像劇という人気テーマだけが原因ではなく、類まれなる表現者がそろったことが最大の要因だろう。
人生というステージで、悔いなきよう演じきるために、より良き表現者になろう。

## 百年ぶりの快挙

久しぶりに「怪物」という表現がふさわしい存在に出会った気がする。大相撲の秋場所新入幕の逸ノ城《いちのじょう》だ。山のような巨体と孤独な一匹狼を思わす眼差し、出世に追いつかないザンバラ髪。逸ノ城がすごいのは、ただ力が強くて馬力があるだけじゃないところだ。取り口は、一気に出るより、むしろ懐が深くて柔らかい。相手のどんな取り口にも柔軟に対応できそうだから、番付が上がっても、下位への取りこぼしは少ないと思う。つまりは、早い時期に必ず横綱になるだろう。

相撲ファンは、史上最強の力士は誰かとか、土俵の因縁話が大好きだ。最も強かったのは双葉山なのか、大鵬なのか、北の湖なのか、千代の富士なのか、朝青龍なのか、白鵬なのか。大鵬は先代貴ノ花に倒され引退を決意し、貴ノ花は千代の富士に、千代の富士は貴ノ花の息子の貴花田に倒され土俵の華を引き継いでいった。そんな因縁を大横綱白鵬と逸ノ城に感じてしまう。

この秋場所、新入幕の逸ノ城が優勝したら実に百年ぶりの快挙だったらしい。大正三年夏場所に新入幕の両國勇治郎が新入幕で見事優勝してから百年目の快挙だった。白鵬は大好きだが、今回だけはできれば逸ノ城に優勝してほしかった。新入幕初優勝という百年ぶりの快挙を今年達成してほしかった。そうすれば、当院の創立百周年にもひとつ伝説が加わったからだ。今後、逸ノ城が優勝するたび、初優勝は病院が百周年の年で、新入幕初優勝は百年ぶりだったんだと自慢できる。

当院と同時に、今年百周年を迎えた出来事を調べてみると、有名な宝塚歌劇団、大隅半島と地続きとなった桜島の大噴火、森永製菓の「箱入りキャラメル」発売、東京六大学リーグの前身、慶應、早稲田、明治のリーグ結成、東京駅開業などがある。当院も、創立記念日（十二月一日）が近づくにつれて感慨が深くなる。育ててくれた名古屋第二赤十字病院の百周年に、ここにいて、みんなと祝えることに心から感謝したい。

現在の大相撲は残念ながらモンゴル勢に、番付も話題も独占されてしまっている。白鵬に日馬富士に鶴竜に、そして逸ノ城に敢然と立ち向かい、見事投げ飛ばす日本の若者は現れないものか。百年前の両國勇治郎のように颯爽と風の如く。「ここで会ったが百年目！」と叫びながら。

## 「創立百周年記念」　富永健二先生を偲ぶ

穏やかな秋の一日、二年ごとに開催している病院ＯＢ会が行われた。お集まりになったのは五十一名の諸先輩方。今年は病院創立百周年ということもあり、いつも以上に昔話に花が咲いた。皆さん、経営企画課の堀太志氏が作成したＤＶＤ「百年のあゆみ」を懐かしそうにご覧になられていた。私も現職スタッフとしてお手伝いをさせていただいたが、百周年の今年、「あの先生が生きておられたら」と思わずにはいられなかった。平成十一年一月二十六日にご逝去された名誉院長の富永健二先生だ。先生は、第三代院長として、昭和三十三年から平成二年まで実に三十二年九か月間もの長きにわたり院長として病院に尽くされた。救急、先進医療、医療連携、研修制度など現在の病院の方向性を作られたのは富永先生である。ＯＢ会でも皆さんから一様に「富永先生のような人格者はいない」との声が聴かれた。

私は、昭和五十五年八月に中途入社した。入社したての若僧にとって富永院長は雲の上の人だった。しかし、労務課という仕事柄、新人時代から先生との接点は多少あった。先生は、私に大切な思い出と自信をくれた。「君も私と同じ健二だね」と可愛がってくれた。今でも鮮明に覚えている富永先生との三つのエピソードがある。

ひとつめは、採用試験のときだ。最終面接は富永先生自ら行われた。名前を呼ばれて桑山記念研修所の小会議室に入ったとき、逆光のなか先生はとても大きく神々しく見えた。

先生は、「履歴書に趣味が読書と書いてありますが、最近何を読みましたか？」とご質問された。私は「司馬遼太郎の『竜馬がゆく』を読みました」と答えた。「何か感じるところはありましたか」と先生。「はい、仕事を探している今、信念のもと困難に立ち向かう竜馬の生き様に勇気をもらいました」と私。私は今でもこの一言で採用していただいたと思っている。

ふたつめは、野球観戦のエピソード。入社してから一か月も経たないある日の午後のこと。先生に呼ばれて院長室に行くと、先生は「君は野球が好きか？」と尋ねられた。「はい。ドラゴンズの大ファンです」と答えると、「そうか。ではこのチケットをあげよう」とその夜の中日対巨人戦のチケットを一枚くれた。黄金カードである。喜んでお礼を言って退室した。その夜、中日球場に行って自分の席を探していると、遠くから「こっちこっち」と声がする。見ると富永先生が生ビール片手に手招きしている。目を疑った。緊張のあまりその夜のゲームの詳細は覚えていない。ただし、巨人はエース江川卓が好投し、中日のピッチャーも頑張ってなかなか点が入らない投手戦だったことだけ記憶している。

みっつめは、私にとって大事なエピソードだ。当時、看護婦確保対策として九州から高校卒業後の学生を集団採用していた。彼女らは看護助手として働きながら准看学校に通った。私は労務課としてその仕事の担当だった。二年間頑張り、晴れて准看護婦の資格を取った彼女らをお祝いする会があった。彼女らがひとりずつ今の気持ちを述べたあと、急に私にも意見を求められた。富永院長の御前である。私は何も考えていなかったので率直に「二年前、就職してきたときは、みんな頼りなくて正直耐えられるかなと思いましたが、いろんな困難を乗り越えてきた今日の皆さんは、本当に成長したなと思いました」と話した。それを聞いた富永院長は「同時に、今の挨拶を聞いて池上君も成長したなと思いました」と言ってくださった。会場にはなごやかな笑いが巻き起こったが、このお言葉が今も私を支えてくれている。富永院長に認められたという思いが、何よりも自信になった。現在、石川院長のもと病院が取り組んでいるコーチングってこういうことなんだろうと思う。富永院長からアグノリッジメント（承認）とフィードバックを同時に受けたのだ。

十二月一日の百周年の創立記念日まで秒読みだ。七日に開催される記念式典、祝賀会には、富永先生の奥様もご出席される。奥様もとてもお優しい方だ。奥様のお気持ちを通じて天国の富永先生に職員みんなの感謝の気持ちが届くことを祈っている。

## 虹をつかもう！

Have you ever seen the rainbow?
はるかな海原いっぱいに
横たわる　虹を見たかい？

誰もが無謀と言った　大海原へひとり船を出そう
小さなデッキに夢を　崩れないよう高く積み上げて
明日を待ってるだけじゃ　ただ太陽が空に昇るだけさ
昨日と違う自分に　コンパス合わせ荒れる海をゆこう

### 2015年
### （平成27年）

◎は世の中の出来事　○は八事日赤の出来事

◎横綱白鵬が歴代最多優勝記録更新
◎新国立競技場と五輪エンブレムのデザイン、白紙撤回
再公募
◎安全保障関連法成立
◎TPP、日米など十二か国で大筋合意
◎マイナンバー配付
○新たな百年に向け、再スタート
○経営体質改善に取り組む

入江の外には嵐が　来ているとみんなは背を向けた
でもそこは安全だけど　誰もが見てきた世界

Have you ever seen the rainbow?
はるかな海原いっぱいに
横たわる　虹を見たかい？
Catch the rainbow and dream!
黒雲の向こう突き抜けて
伝説の　虹をつかもう！

群れから離れて生きて　初めてわかる大事なことがある
孤独に向き合いながら　本当の宝物手に入れよう
明日は待ってるだけじゃ　ただ太陽が空に昇るだけさ
昨日と違う自分に　コンパス合わせ荒れる海をゆこう

嵐にはじかれマストが　折れそうに悲鳴を上げている

でも船は傾きながら　波間を乗り越えてゆく

Have you ever seen the rainbow?
はるかな海原いっぱいに
横たわる　虹を見たかい？
Never give up！　Never, never！
エンジンの鼓動　響かせて
進もうよ　虹をつかもう！
Catch the rainbow and dream!
黒雲の向こう突き抜けて
伝説の　虹をつかもう！

きみの心にかかる虹をつかもう
ぼくの心にかかる虹をつかもう

## ラグビー型でゆこう

昨年発行した百年史で、管理局の「将来構想」について記述した。今後の管理局のあり方に関する私の考えだ。このなかで、「ラグビー型」の組織にしていきたいと書いた。私はサッカー、ボクシング、相撲には詳しいのだが、正直言ってラグビーのルールは詳しくない。しかし、「One for All」「All for One」（ひとりはみんなのために。みんなは勝利のために）や、「No Side」（戦うときは徹底的に戦うが、試合終了のホイッスルが鳴れば敵味方なく健闘を称え合う）と言った精神に強く共感を覚える。そして、なにより、どちらに転ぶかわからないボール（課題）にバックもフォワードも集中するプレースタイルに強い示唆を受ける。難題のあるところにポジションの垣根を越えて集結して、素早く展開していくラグビー型の仕事のやり方にしたいと考えたのだ。どちらにボールを出すか、キックなのか、パスなのか、それぞれが主体的に責任を持って判断して行動する組織をめざしたいと思った。

しかし、この部分を読んで、異を唱えられた方があった。学生時代、関西大学リーグの強豪校でばりばりのレギュラーを張っておられたＯ氏だ。いわく、「ボールのあるところ、つまりスクラムに大勢人をかけすぎるチームは、今は三流チームだぞ」。ラグビー素人の私はぐぅの音も出なかった。私の言わんとすること、「ボール（課題）に関係する課の職員が、セクショナリズムにとらわれず課題解決のセッション（スクラム）に参画し、素早くボールを出し、幹部会や経営戦略会議に展開していく」という趣旨を説明して、なんとか納得していただいた。O氏のおっしゃるとおりで、委員会やプロジェクトにしても人数をかけることが必ずしも良い結果を生むわけではない。むしろ、モチベーションが高いコアメンバーだけで集中的に議論して早くボールを出す（展開していく）ことが強い組織（チーム）のあり方のようだ。

部はあってもありません。課はあってもありません。係はあってもありません。あるのは、管理局というチームです。いや、管理局すらありません。石川院長をリーダーとした「名古屋第二赤十字病院」という名の代表チームがあるだけなのです。

なんだか禅問答のようになってしまったが、お互いがお互いの存在や仕事ぶりを認め合いながら、主体的に行動して山積する課題解決に向けて進んで行こう。最後にもう一度。「ひとりはみんなのために。みんなは勝利のために」

## 言葉を探す旅

年明けに愛知県支部に行ったら、以前当院にいた若手職員から「局長の年賀状の言葉に毎年元気をもらっています」と言われた。はて？　たいして気の利いたことは書いていないのに、そう言われて何だかうれしくなった。人は、他人や環境に影響を受けながら生きている。そんな時、言葉が与える力は大きい。負けそうな時、勇気が欲しい時、俺はもうだめだとあきらめそうになった時、心を奮い立たせてくれるのは言葉である。ひとつの言葉が一生の支えとなることもあるだろう。そう考えると、人生は言葉を探す旅なのかもしれない。

私は、本や映画やテレビなどで、心を後押ししてくれる言葉に出会うとノートにメモしている。最近のものでいくつかあげてみたい。

①「どこにいても何歳でも成長できる」、「目先のことであせらない。周りに何を言われようが、今できることを淡々とやる」、「飄々と熱く」これらはサッカー日本代表の遠藤保仁選手の言葉である。遠藤選手のプレースタイルそのものだ。

②「勝てない相手はもういない」テニスの錦織圭選手。この「もう」という二文字に錦織選手の、想像を絶する努力のあとが垣間見える。「勝てない相手はいない」だと、ただのビッグマウスと聞こえてしまうが。

③「つらいと思ったら負けだ」、「大きな努力を一度にやらない。でも、小さな努力をこつこつと続ける」、「結果よりプロセスが大事」元巨人軍の大エース、桑田真澄さんの言葉。桑田さんとは少しだけ親交がある。色紙には「球道即人道」と書いてくれた。ひじの大けがなど、数々の苦難を乗り越えてきた桑田さんにはストイックな求道者といったイメージがあるが、実は親父ギャグの名手でもある。私は、目の前でやってくれたジャケットを着ようとして、また脱いでしまうギャグが大好きだ。

最近、心を射抜かれた言葉がある。テレビドラマの「流星ワゴン」（原作：重松清氏）のワンシーンで、主人公の父親の忠さんが熱く語った言葉だ。「世の中には何かをやる奴と、何かをやらない奴の二種類しかおらんのじゃ。お前はどっちじゃ？」と聞き、そのあと、やるためにはできるまでやればいい、そのためにはやれるという強い心を持て！心の中に奇跡を起こせ！と続く。これを名優、香川照之さんが言うとたまらなく心に刺さってくる。香川さんはもう名優を飛び越えて怪優である。

私の心を奮い立たせる言葉はまだまだあるが、紙面の関係もあるのでまたいつか。冒頭の支部の若手職員に、「賀状の言葉で半年くらいはもつか？」と聞くと、「はい」と笑っていた。ううむ、半年か。一生には程遠いのう。私もまだまだじゃのう（忠さん風に）。

## コーチ、吉田松陰

今年の大河ドラマ「花燃ゆ」は、幕末長州の大思想家、吉田寅次郎（松陰）の妹、文《ふみ》が主人公である。序盤を過ぎたあたりから吉田松陰の世界が色濃くなってきた。国法を犯して黒船に乗り込んだがアメリカ渡航はならず、長州へ送られ野山獄収監を経たのち、自宅で幽閉の処分となった。自宅を改修して私塾（松下村塾）を開き、高杉晋作、久坂玄瑞、伊藤利助（後の伊藤博文）などを教えている段階だ。

松陰の教え方は独特だ。一方的に教えるのではなく、塾生とおおいに意見を交わす。その中で学んでいくやり方だ。入塾希望の若者に松陰は聞く。「君の志はなんですか」。あるとき、塾生のひとりである吉田稔麿が江戸に学びに出たいと訴え出る。松陰は「なぜ江戸に出たいのですか」と聞く。「江戸でいろんなことを学びたいのです」と答える稔麿に松陰は畳みかける。「江戸で何を学びたいのか」、「学んでどうする」。最初は「藩や国のために役に立ちたいから」と言っていた稔麿も執拗な質問攻めについには答に窮する。すると松陰は一言、「君のような志がない者が江戸に行っても意味はありません」と冷たく言い放つ。

このあと、最終的には稔麿の江戸行きは藩に許されるのだが、その経緯はここには書かない。ただ、その結末に至るまでの重要な役割を松陰が務める。自身は幽閉の身、藩に掛け合うことはもちろん、意見書を出すことさえできない。若者たちに接することで、稔麿はじめ高杉、久坂、伊藤らの心に火をつけたのだ。松陰の言葉が、若者たちの主体的な行動を促し、結果的に稔麿の目的を達することに導いたのだ。

これは一体なんだ？「一方的に教えない」、「徹底的に意見を交わす」、「エッジの効いた質問を繰り返す」、「相手の目的を知り主体的な行動を促す」、「最終的に目的を達成させる」。まさにコーチングだ。しかも完璧な。専門企業からコーチングスキルを会得する以外にも、歴史本やドラマ、映画でコーチングは十分学べる。以前、このコラムで、黒沢明監督のデビュー作「姿三四郎」の一場面をとりあげ、和尚の三四郎に対するコーチングのことを書いたが、優れた歴史や文学・文化にはコーチングがあふれている。大切なのは、それに気がつく感性だ。

ドラマで松陰は、塾生の伊藤利助にもコーチングしている。美味だが猛毒がある河豚を塾生は、「志ある者、こんな河豚毒くらいが怖くてどうする」と貪るように食べるが、松陰だけは食べようとしない。その態度を利助は不思議に思い日々考える。そんな利助に松陰は言う。「志の果てに迎える死以外で死にとうはない、断じて」と。これで長州人が熱狂しないはずがない。吉田松陰、日本を明治維新へと導いた名コーチである。

## つんく♂の歌が聞こえる

歌手で音楽プロデューサーのつんく♂さんが、喉頭がんの治療のため声帯を全摘出した。四月四日、自らプロデュースした母校近畿大学の入学式で、スクリーンで祝辞を流しながら、声を失ったことを初めて公表した。

シャ乱Qのボーカルとして、一九九〇年代「ズルい女」、「シングルベッド」、「いいわけ」などのヒット曲を連発した。ソングライターでもある。グループ解散後は、音楽プロデューサーとしても大成功をおさめた。誰もが知っている「モーニング娘。」がその代表作だ。

もう、あの艶のある歌声が聞けないと思うととても悲しい。日本の音楽界の損失だとさえ思っている。あれほど声で情感を表現できる歌手はそんなにはいない。桑田佳祐と八代亜紀くらいか。声を張ったあとの余韻には何とも言えない妖しさがあった。

つんく♂さんは、「声よりも命を選んだ」と語った（伝えた）。愛する家族のことをまず一番に考えたのだろう。もしも、つんく♂さんが、例えば尾崎豊のように破滅型のアウトローであったなら、命よりも声を選んで、夭折して伝説となったに違いない。

「命をとるか、声をとるか」。選択を迫られた男がもうひとりいる。数年前、朝日新聞の「自由自在」というコラムで、中小路徹氏が書いていた。タイトルは「拳闘親子紡ぐ『一瞬の夏』」である。「一瞬の夏」とは、作家沢木耕太郎氏が一九八〇年に書いたノンフィクションだ。主人公は、プロボクサーのカシアス内藤。三十五年前、学生だった私は下宿で読み、ひとりのボクサーの孤独な戦いと挫折に胸を熱くしたものだった。カシアス内藤は、東洋ミドル級王者にはなったが、ついに世界チャンピオンにはなれなかった。今、その息子がプロボクサーとなり世界王者をめざしているとコラムは伝える。父であるカシアス内藤はコーチとして息子に自分の夢を託す。しかし、運命は残酷で、彼は末期の咽頭がんを宣告される。「命か、声か」、究極の二者択一を迫られた彼は「声」を取る。「コーチの指導に声は不可欠。長生きを保証するよりその時を全力で」との決断だ。

つんく♂さんとカシアス内藤。どちらが正しい選択かに答はない。自分にとって何が一番大切なのかによって違うのだ。

つんく♂さんは、声を失い歌えなくなった。しかし、今後彼が作る歌は、みんなの心に響き続けるだろう。それはきれいごとではない。研ぎ澄まされた感覚から生まれる歌は、人々の魂に必ず届くだろう。そして、それは誰が歌っても、私にはつんく♂さんが歌っているように聴こえるに違いない。

## 車谷長吉さんを悼む

あれは虫の知らせだったのだろうか。その訃報を知る前夜、私は家の書棚を整理して太宰治の全集や新刊、文庫本を一か所に集めた。年内に上梓しようと準備している二冊目の本に、太宰をテーマにした作品を載せるので、もう一度読み直そうと思ったからだ。その作業の最中、車谷長吉《くるまたにちょうきつ》さんの本が妙に目についた。それは、自然に目に留まったというより何かを訴えているように、次々と目に飛び込んできたのだった。車谷さんは私にとって太宰とともに特別な存在の小説家だった。四年半前に発刊した処女作『夢をはこぶ舟』のプロフィールで好きな作家に太宰治と車谷長吉をあげたくらいだ。

書棚を整理した翌日の朝刊で、車谷さんが五月十七日朝、急死したことを知り衝撃を受けた。死因は食べ物をのどに詰まらせたことによる窒息ということだった。

車谷さんは、他のどの小説家とも違う。独自の世界に生きた小説家だ。死の準備として発行した初期作品集「女塚」のあとがきに書いているように、高校三年のころ父母は将来、弁護士か医師にと思ったらしいが、先天性蓄膿症の治療に失敗し、文学に慰めを必要として慶應大学文学部に進んだ。だいたい、現実から文学に逃げ込む人は、幼少時から青年期になにかしら虚無感と憂鬱を抱えて生きてきた人が多いのではないか。私もそうだ。車谷さんは、高校の時、森鷗外、夏目漱石を読み小説家になりたいと思ったそうだ。どちらの文豪も人間の心の奥深く潜む苦悩をテーマに作品を書き上げた。それなら太宰治は読まなかったのだろうか、太宰のことはどう思っていたのだろうか。その答は平成十二年の文藝別冊での水上勉との対談に載っている。車谷さんはこう語っている。「ぼくは太宰治の全集を全部読みました」、「あの人は天才作家だと思いますね。とにかく非常に文章が上手ですね」、「毒の強い作家ですよね」と。そして、車谷さんが太宰を強く意識していた証拠がもうひとつ、最初の筆名、「辻水銀治郎」の「銀」と「治」は、太宰に影響を受けて付けたのだ。

結局、私の本棚には、太宰の隣りに車谷さんの本がずらり並ぶことになった。数えてみると十四冊あった。困ったことに、これから太宰を読み直さなければならない時に、つい手が伸びてしまうのである。そして、車谷さんの描く虚虚実実入り混じった毒に侵され、どうしようもない人生にそこはかとない魅力を感じ、引きずり込まれそうになるのだ。

車谷さん風に言えば、「人間の業とはつくづく因果なものである」。

## TSUTAYAの四枚戦略

レンタル業界の大手TSUTAYAには、CDレンタル四枚千円（税別）という商品がある。一枚ずつ普通に借りると、旧作でも一週間三百円台、新作なら四百円以上する。四枚借りればゆうに千円を超えてしまう。これを千円（税別）にするところにTSUTAYAの戦略がある。妙にお得感があるため、このシステムを利用するお客さんは多いのではないか。消費税分の端数も「ポイントで引けますがいかがいたしましょうか？」と言われると、ついお願いしてしまうから、小銭を財布から出し入れする手間もない。

しかし、ものごとには必ずメリットとデメリットがある。いいことばかりではない。通常、借りて聴きたいCDがいつも四枚ないことも事実だ。それに割安感があるにしても結局は、何百円は余分に財布から出ていくのだ。一枚当たりの単価をとるか、総額をとるか、それが問題だ。この論争は印刷物などの適正な印刷部数を決めるときにも起きる。単価が高いとコストパフォーマンスが下がって損したような気もするが、そうじゃなくて総額絶対主義の人もいる。

さて、四枚戦略の経済的判断はともかく、文化的観点から考えると私は断然肯定派だ。

よくぞ考えてくれたと思う。借りてまで聴きたいCDは四枚ないことが多いから、三枚目や四枚目は枚数合わせの一枚となる。それを選ぶのはけっこう楽しい。そして、ちょっと冒険する気分になるのである。原稿を書くときのBGMとして映画音楽やジャズ、クラシックとか、名前は知っているけど聴いたことがないグループの作品とか、マニア垂涎の企画物などがターゲットになる。それがけっこう掘り出し物だったりするのだ。

先日、行きつけの緑区滝ノ水のTSUTAYAで、例によって四枚目をどれにしようかと探していた時、面白そうな企画物を発見した。「ちょんまげ天国TV時代劇音楽集」である。四枚目に決めてレジに持って行った。早速、車で聴いてみた。全部で二十七曲入っている。歌があるものも、演奏だけのものもある。どれも昭和の作品なのだが、今聞いても新鮮でドライブにもフィットする。「大江戸捜査網」などはクラシックの「ボレロ」を彷彿とさせるメロディーだ。「だれかが風の中で」は中学時代に夢中で観ていた「木枯し紋次郎」のテーマで名曲だ。

今、私の通勤車中は、必殺シリーズで決めている。朝は、山下雄三の「荒野の果てに」で気合いを入れて、夜は西崎みどりの「旅愁」で癒される。

もしも、TSUTAYAの四枚レンタルがなければけっして出会わなかった作品だ。TSUTAYAさんは、そういう点で日本の文化貢献に一役買っているのかもしれない。

## 七月十七日の新聞

七月十七日の新聞に重要なニュースがふたつ載っていた。ひとつは、言うまでもなく、安全保障関連法案（安保法案）の衆議院通過だ。自衛隊法や、武力攻撃・存立危機事態法などの十法案を束ねた「平和安全法制整備法案」と新規に立法する「国際平和支援法案」だ。今後、参議院に送られるが、今国会で法案が成立すれば、従来の憲法解釈で認められていなかった「集団的自衛権」の行使が可能となる。「集団的自衛権」とは、自国が直接攻撃を受けてなくても、日本の存立が脅かされる状況なら、日本と密接な関係にある他国が攻撃を受けた場合に自衛隊が武力を使うことができる権利だ。戦後の我が国の安全保障政策は、複雑化する世界情勢を背景に、大きく舵を切ることとなる。

もうひとつ、私にとって重要なニュースは、お笑いコンビ、ピースの又吉直樹さんが、初めて書いた本格小説「火花」で芥川賞を受賞したことだ。又吉さんは売れない時代に、救いを求めて二千冊の本を読破したという。芸能界では「読書芸人」と呼ばれている。「火花」は、売れない若手漫才師の徳永と、師弟関係を結んだ先輩漫才師、神谷との濃密な関わり合いをリアルに描く。

徳永と神谷の出会いは、熱海の花火大会の夜だ。花火目当てのお客さん相手の巡業で惨敗したふたりが、居酒屋で語り合うシーン。神谷は言う。「欲望に対してまっすぐに全力で生きなあかんねん。漫才師とはこうあるべきやと語る者は永遠に漫才師にはなられへん。長い時間をかけて漫才師に近づいて行く作業をしているだけであって、本物の漫才師にはなられへん」と。さらに、「本当の漫才師というのは、極端な話、野菜を売ってても漫才師やねん」と続く。他人に媚びない孤高な漫才師、神谷に惹かれていく徳永。笑いに対する信念を貫きとおす神谷。この後の展開は、小説を読んでのお楽しみだが、もがく若者たちを描いて又吉さんの筆は冴えわたる。一気に読み終えたとき、小説なのに良質なドキュメンタリーを観たような感じになった。どのシーンにも映像が浮かんできて、粗いタッチの画面のなかで徳永や神谷がのたうちまわっているのだ。

私が又吉さんに関心を持ったのは、彼がメディアで「太宰治が好き」と公言していたことだった。同じ太宰好きとして、彼が太宰のどこに惹かれるのか興味があった。七月十七日の朝日新聞の「ひと」で、「太宰は、自分の自意識を滑稽でしょと見せられる人。芸人的だとすら思う」と言っている。太宰好きな人のなかで多いのは、「太宰は自分だ。誰にも言えない私だけの心の内を書いてくれている」と共感するタイプだと思う。しかし、私はむしろ、心の内の鬱屈や葛藤を道化で包んで表現するところに魅力を感じる。私が又吉さんに関心を持つゆえんである。

## 百分の一秒の永遠

世界陸上が北京で開幕した。大会二日目の今日、早くも大会の華、男子百メートル決勝が行われる。この原稿は、準決勝が行われた直後に書いている。準決勝三レースを終えた印象は、優勝候補のスター選手たちの好不調だ。素人が勝手に思うことだが、アメリカのジャスティン・ガトリン選手の強さが際立っていた。予選、準決勝を通じてぶっちぎりの勝利で、記録も9・7秒台を出している。からだがキレて、表情にも自信があふれている。それに比べて、大会の最大のスター、ジャマイカのウサイン・ボルトは、少しナーバスになっているように思えた。案の定、準決勝では、スタート直後につまずき、あわや敗退の危機に見舞われた。ラストの追い込みがなければ本当に危かった。他にも、かつての世界記録保持者、アサマ・パウエル（ジャマイカ）、二〇〇七年大阪世界陸上の百、二百の金メダリスト、タイソン・ゲイ（アメリカ）も決勝に残り、なんと男子百メートル記録の歴代一位から五位のうち、四人が九人のファイナリストに残った。四人の他にも、メダルに手が届きそうな選手がいる。決勝は、午後十時十分頃スタート。司会の織田裕二じゃなくたって、いやでも気持ちが昂ってくる。

ここからの原稿は、決勝が終わった直後に書いている。圧倒的なものを観た。ボルトの底力に度肝を抜かれた。準決勝までとは全く別人だった。記録は9・79秒。二位のガトリンは、9・80秒。わずか0・01秒差。一秒の百分の一。ボルトの勝因はなにか。くどいけど素人だから感じたまま書くが、スタートがすべてだった。スタートして、二十メートルも走ったとき、ボルトが勝つと思った。ボルトの唯一の不安材料はスタートだ。二〇一一年、韓国での世界陸上ではフライングでまさかの失格となっている。その記憶がありひやひやして観ていたが、見事なスタートだった。中盤でトップに立ち、あとはいつものように後半驚異的なスピードに乗って、ガトリンの追い上げをかわしてゴールした。

ガトリンが届かなかった百分の一秒。この現実を突き付けられたとき、彼は何を思ったのだろうか。報われなかった鍛錬の日々だろうか。ボルトは一番大事なレースに最高のものを出した。その瞬間、準決勝までの評価は過去のものになり、百分の一秒という名の永遠が始まったのである。

## 命をつなぐ記事

「出会えてよかった」。そんな気持ちになる対象は様々だ。人生を左右するものでいえば、仕事、結婚相手、良き上司、親友などだろうか。そんな大きなことでなくても、日々、人は出会いと別れを繰り返して生きている。

私が「よくぞ目の前に現れてくれた」と感謝するのは、新聞の記事である。新聞ほど面白くためになる読み物はない。しかし、毎日、ほとんどの記事が読まれないまま片づけられてしまう。日々、すれ違いの別れを繰り返している。それがもったいなくて仕方がない。

仕事場には毎朝、四紙が届けられる。見出しを見ながら関心のある記事は拾い読みする。仕事に関係するものや、本の書評や文学に関するものは切り抜いたりコピーしたりしている。

八月二十八日の朝のことだ。四紙の中から朝日新聞を読んでいた。いつものように見出しを拾い読みして「国立大病院が赤字」の見出しを見つけた。短い記事だったので通読してから切り抜いた。余談だが、スクラップをするとき、できる限り読んでから切り取ることにしている。理由はふたつ。読めば切り取るべき記事かどうか判断できることと、切り取っておくと読まない確率が高いからだ。録画しておくと観ない映画と同じ心理だ。

私が「よくぞ目の前に現れてくれた」と感謝するのは、その「国立大病院が赤字」の記事ではない。その裏の記事のことである。何気なく裏返したとき、「不登校」と「夏休み明け」の見出しの活字があった。寸断された記事の最初の行には、「学校に行くのがつらければ、まずは休んでください」とあった。続いて、夏休み明けは子どもの自殺が増えると書かれていた。私はそのままほおっておけなくなり切り抜いた新聞に残されたすべての記事を切り抜いて、張り合わせてコピーした。記事によると、内閣府が今年六月公表した「自殺対策白書」では、九月一日が突出して子どもの自殺が多いそうだ。新学期を目前にして、子どもの自殺防止の活動を続けるＮＰＯ「全国不登校新聞社」の編集長、石井志昴《しこう》さんは、「あなた自身がつらいと感じたら、無理して学校に行こうとせずに、まずは休んでください。

学校から逃げることは恥ずかしいことではありません。生きるために逃げるんです」と緊急メッセージを発信していた。

女優の樹木希林さんはじめ四名の有識者がコメントを寄せていた。脳科学者の茂木健一郎さんは、「無理をしてはいけません。君がもっと元気になれる場所が、必ずあります」とメッセージしていた。

何か（誰か）のために、こころが侵され、追い詰められて、人は逃れるため最後の手段を選ぶ。でも、偶然この記事に出会えた人は、うまく生き延びることができたかもしれない。こんな小さな記事が命をつなぐのだ。

長く苦しい八月の終わりに。

## GS

GSと言っても、古き良き時代の「グループサウンズ」のことではない。それに、ジュリー（ザ・タイガース）、ショーケン（ザ・テンプターズ）、マチャアキ（ザ・スパイダース）などのスターを輩出したGSブームのことを書いても、今の若い人たちにはぴんと来ないだろう。

Gは「ジェネラリスト」、Sは「スペシャリスト」の頭文字だ。最近、若手の事務職員たちに、「将来どっちをめざしているの？」と聞く機会があった。ほとんどの者が「ジェネラリスト」

と答えた。この結果をどう捉えたらいいのだろう。まだ三十代前半だから、今から自分の可能性を限定したくないという心理が働くのだろうか。それとも、管理職（総合職）をめざしたいという人生設計があるのだろうか。その考え方は人それぞれで、もちろん私が口をはさむことではないが。

しかし、世の中を見ると、どうもジェネラリストよりもスペシャリストに称賛が集まっているようだ。ノーベル医学生理学賞の大村智氏、ノーベル物理学賞の梶田隆章氏。両氏は信念に基づき、それぞれのテーマを長年追求して高みに昇り詰めたスペシャリストだ。また、フリーキックのJリーグ得点記録を更新した横浜Fマリノスの中村俊輔選手。彼の左足のキックの精度は世界中にとどろいている。誰にもまねができない、こすり上げるような独特の蹴り方が、スペシャリストとしての輝きを増している。さらに、今、日本中が注目しているラグビーのワールドカップ。大人から子供まで真似ているFB五郎丸歩選手のプレースキック前のルーティーンのポーズ。彼はキックだけでなく、低く鋭いタックルやトライを狙う戦術眼にも秀でているが、やはりキックのスペシャリストと言っていいだろう。

陸上競技に「近代十種競技」という種目がある。短距離、中距離、長距離、投てき、跳躍などの競技を二日間で十種目行い、点数を競う競技だ。その過酷さから、勝者は「キング・オブ・アスリート」と称えられる。しかし、一般の人気はそれほどではない。注目されるのは、百メートルなどの専門競技だ。各種目にそこそこの記録を出すジェネラリストより、専門種目で世界最高記録を出すスペシャリストの方がはるかに話題となる。

もう一度やり直すとしたら、私なら迷うことなくスペシャリストを選ぶ。その道がなんであれ、その道を究めたい。総合職として綱渡りのような日々を送るより、スペシャリストとして確かな場所を見つけたい。堂々と生きられる場所だ。

そういえば、GSのザ・タイガースの名曲に「君だけに愛を」というのがあった。「♪君だけに　君だけに　教えよう～♪」こんなシンプルな歌詞で始まる歌だ。昭和のラブソングは、GSも演歌も歌謡曲もこの愛一筋のものが多い気がする。いわばスペシャリスト志向だ。かたや最近のヒット曲は、詞も曲も昔ほど簡単ではない。複雑な要素が織り込まれている。いわば、ジェネラリスト志向か。そう考えると最近の若者が、ジェネラリストをめざすのも、なんとなくわかるような気もする。

君は「G」か「S」か？

## 悪魔のささやきを聴け

何かやらなければならないことに追われていると、つい他のことに夢中になってしまうってことありませんか？　私はそんなことしょっちゅうです。学生時代の試験勉強、社会人になってからの急ぎの仕事。いつだって、そんなときに限って他に楽しいことやりたいことが現れるのです。その繰り返しで生きてきたといってもけっして過言ではありません。現に今も、このコラムの締め切りに追われていますが……。

編集担当者は、普段はとても優しい人なのですが、仕事には忠誠を誓っており、「忙しいところすみませんが、締め切りは週明けの〇日ですからね！」とおだやかに伝えてくるのです。そこで、早速、休日の早朝、パソコンに向かったのですが、何も書くことがなく、頭にもさっぱりアイディアが浮かばず、どうやって明日、言い訳をしようかと考えている始末です。そしてやっぱり。タイミングが悪いことに、昨日本屋さんで面白そうな本を見つけてしまったのです。小説家の村上春樹氏が、長年いろいろな場所で書いてきた小説以外の文章をまとめた本の文庫版です。タイトルもずばり『村上春樹　雑文集』(新潮社)。デビュー作「風の歌を聴け」が群像新人文学賞を受賞したときの受賞の言葉や、ジャズなどの音楽についてや、翻訳に関することや、イラストレーター安西水丸さんの人物像や、小説を書くということについてなど、村上氏厳選の六十九作品が収められています。

「考えど　考えどなお　我がコラム　先に進まず　じっと手を見る」の心境のところに「悪魔のささやき」、ついその本を手に取ってしまったのが運のつき。これが面白くて楽しくて、やめられなくなってしまったのです。

村上氏がデビューしたころ私は大学生でした。「風の歌を聴け」、「１９７３年のピンボール」に出会い、下関市のみかん倉庫の二階を改造した下宿で夢中で読みました。それまでは五木寛之、開高健、太宰治、夏目漱石、芥川龍之介などの本格派の小説を読んでいましたので、その自由な作風は衝撃的でした。今までとは違う風が吹いてきたのを感じました。その後村上氏は日本を代表する作家になりました。長編を中心とした膨大な作品群や、ＪＤサリンジャーの「ライ麦畑でつかまえて」などの翻訳家としても情熱的に活動されています。いつか、全作品を読破してみたいと思います。

あ、そうでした。村上作品について思いを馳せていても、原稿用紙は埋まりません。ん？いつの間にか、コラムが書きあがっていました。いつもと違う感じにはなっちゃいましたが。

編集担当者さま、「今回はこれで許してください。次はしっかり書きますから。こんな楽屋落ちのような手は二度と使いませんので〜」

## 必然のミラクル

お笑い芸人が芥川賞を獲るのと、普通のサラリーマンがボクシングの世界チャンピオンになるのとでは、どちらが難しいのだろう。どちらも、相当ハードルが高いことは間違いない。今年、その想定外の出来事がふたつとも達成された。ひとりはご存知、お笑いコンビ、ピースの又吉直樹だ。デビュー長編「火花」で第百五十三回芥川賞に選ばれた。もうひとりのボクサーの名前をすぐ答えられる方は相当のボクシングファンだ。そのボクサーの名は、「木村悠《ゆう》」。ボクシングの世界以外の人にとっては、ほぼ無名だと言ってもいい。三十二歳、プロボクサーでありながら、商社勤めの営業マンの顔を持つ。普通、企業スポーツの選手は、午前中仕事をして午後から練習というように他の社員より優遇されるケースが多い。しかし、木村は早朝ロードワーク、午前九時から午後五時まで、営業マンとしてフルタイム働いた後、帝拳ジムで練習に打ち込む日々を送ってきた。彼は日本ライトフライ級チャンピオンを返上して、今回の世界タイトルマッチに挑んだ。その人生を賭けたWBCライトフライ級世界タイトルマッチは、十一月二十八日、仙台で開催された。相手は、昨年の大みそか、元チャンピオンの八重樫東を強烈な左ボディ一発で倒して防衛した強豪、ペドロ・ゲバラ（メキシコ）だ。対戦前までの戦績は、ゲバラが28戦26勝（17ＫＯ）一敗一分け、木村が20戦17勝（３ＫＯ）２敗１分け。注視すべきは、ＫＯ率の差だ。ゲバラが65％なのに比べ、木村は20％にも満たない。パンチ力の差は明らかだ。戦前、木村の勝利を予想した者はほとんどいなかった。むしろ何回までもつか心配していた人の方が多い。事実、立ち上がりからゲバラが圧倒する。そして、五回、ゲバラの強烈な右ストレートが木村のあごを打ち抜いた。腰を落とす木村。効いた証拠だ。試合後、木村は「頭の中が白くなった」とコメントした。一気に勝負を決めようと襲いかかるチャンピオン。しかし、木村は倒れずになんとか、ゴングに救われた。この回をしのいだ木村は、あきらかに作戦を変えた。アウトボクシングが身上だったのに、前に出て打ち合いを挑んだ。はじめは、勝ち目がないことがわかり一か八かの無謀な賭けに出たと思った。しかし、徐々にそうじゃないと気づいた。木村はボディを狙った。ゲバラはボディを打たれてスタミナを消耗し始めた。あきらかにボディを打たれるのを嫌がっていた。木村は下を打つフェイクをかけて、ガードが下がり空いた顔面に次々にパンチをヒットさせていった。徐々にポイントを詰め、そして十二回を戦い終わったときには木村の手が上がっていた。テレビを観ていて鳥肌がたった。これほど、予想を覆した試合は記憶になかった。しかし、それはラッキーパンチが当たったわけではない。常に計算しながら試合を進めた結果だった。その夜起こした奇跡は、木村には必然だったのだ。

又吉の芥川賞も幸運じゃない。突然気まぐれに書いた小説が獲ったわけではない。売れない長い時代の千冊の読書と習作の積み重ねが獲らせたのだ。

今年、ふたつの「奇跡」を目にした。

## 黄金カードが観たい

昨年末のボクシング世界タイトルマッチ七連戦は、実に見ごたえがあった。結果は日本勢の六勝一敗。残念ながらＩＢＦミニマム級の高山勝成だけが九回終了時負傷判定となりベルトを失った。

勝った六人のうち、五人がＫＯもしくはＴＫＯ勝ち。ＷＢＡスーパーフェザー級の内山高志と、ＷＢＯスーパーフライ級の井上尚弥は、三回と二回にそれぞれＴＫＯ勝ちして、怪物ぶりを見せつけた。ＷＢＡフライ級の井岡一翔は十一回にＴＫＯ勝ちし、ＷＢＡライトフライ級の田口良一は十回のゴングが鳴っても相手が立つことができずＴＫＯ勝ちした。

中京大学経済学部在学中の我らが田中恒成君は、ボクサーの聖地愛知県体育館でフィリピンの挑戦者を迎え、ＷＢＯミニマム級の初防衛戦を行った。私も会場で観ていた。減量苦からなのか、初防衛戦の緊張からなのか、序盤から挑戦者の強いパンチを当てられ劣勢を強いられた。五回には右ストレートをもらい、ボクサーとして人生初のダウンまで奪われた。しかし、恒成君の心は折れなかった。次の六回、起死回生の左ボディを挑戦者の右の脇腹に食い込ませると、挑戦者はたまらずロープを背に座り込み、そのままテンカウントを聞いた。熱狂する観客、右手を挙げ称賛の嵐に応える恒成君。こんな試合展開はめったにない。しかも目の前で観ることができ興奮した。ただ、恒成君の若い体（二十歳、一六四センチ）でミニマム級（四七・六kg以下）は無理じゃないかと思っていたら、やはり次は階級を上げて二階級制覇を狙うと宣言した。

唯一判定で勝ったのは八重樫東。ＩＢＦライトフライ級の新チャンピオンとなり、これで悲願の三階級制覇を達成した。ＫＯはボクシングの華だ。ファンは誰もがＫＯシーンを観たがっている。判定決着は、どうしても欲求不満が溜まる。しかし、八重樫東というボクサーのこの夜の試合だけは、それを超越した感動があった。一年前の大みそか、相手のボディ一発に沈み、引退も考えた男が、家族に支えられ、ファンの声に後押しされ、再び世界の頂点に立った。いつものように顔をパンパンに腫らしながら。この生き様を観て泣かずにおられようか。テレビ画面が涙で滲んだ。

さて、ここまで読まれた方は、ボクシングの団体と階級の多さに気づかれたのではないだろうか。現在、日本で認められている団体はＷＢＡはじめ四団体、体重は実に十七階級に分かれている。つまり、最高で六十八人もの世界チャンピオンが存在する可能性があるのだ。昔ファイティング原田が活躍したころはＷＢＡだけで、階級も八階級しかなかった。だから当時と現在の世界チャンピオンの価値は全く違う。このことは、作家の百田尚樹氏も熱く語っている（『黄金のバンタム』を破った男）。現在日本には十一人の世界チャンピオンがいる。ボクシング人気を維持するには、ただチャンピオンの数を増やすだけではなく、同じ階級での団体統一戦を行うべきだと考える。複数いるチャンピオンのうち、本当に強いのは誰なのか。ファンは黄金カードを待っている。

# 太宰に出逢う旅　「津軽へ」

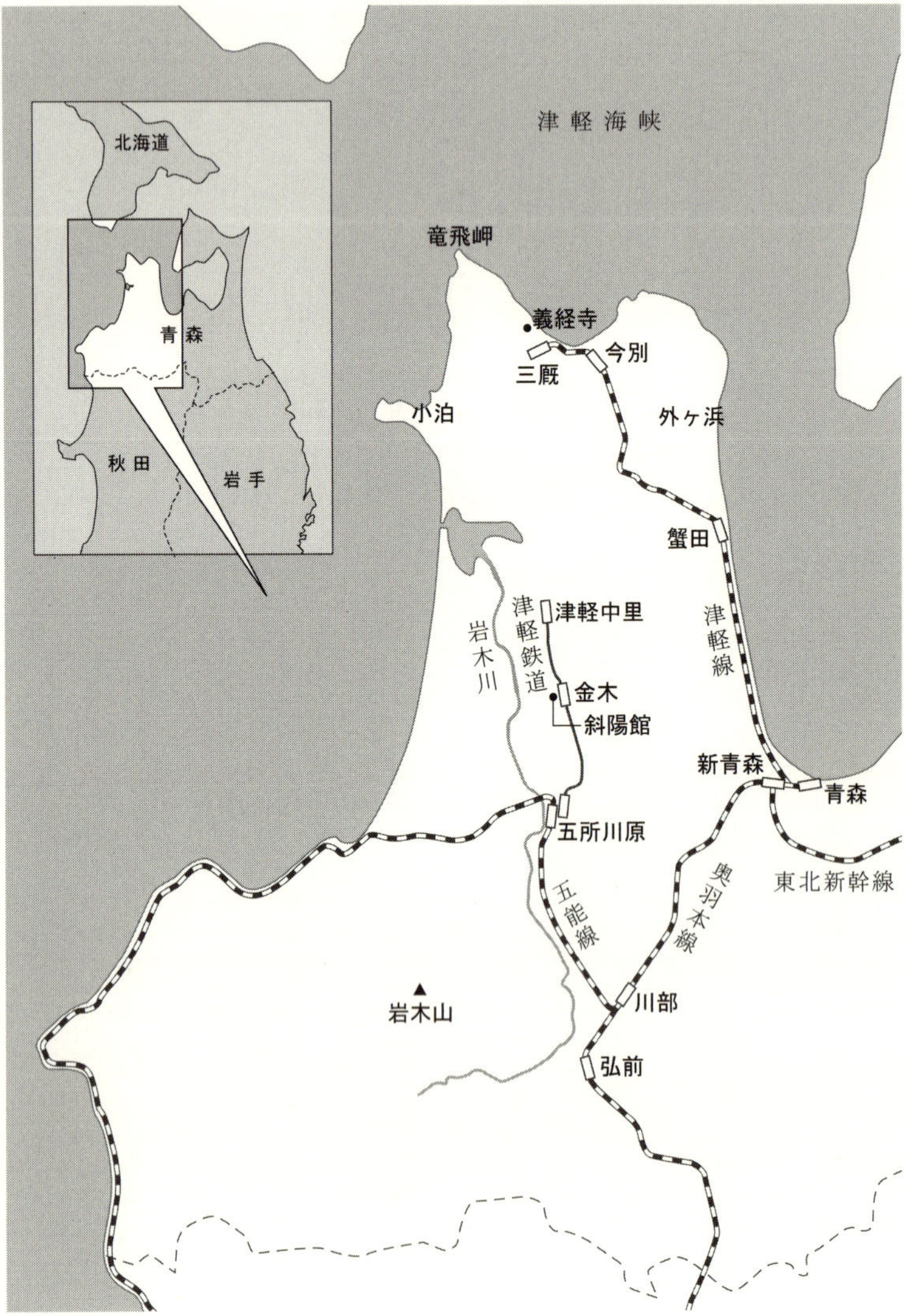
津軽海峡
北海道
青森
秋田
岩手
竜飛岬
義経寺
今別
三厩
小泊
外ヶ浜
蟹田
津軽中里
津軽鉄道
岩木川
津軽線
金木
斜陽館
新青森
青森
五所川原
東北新幹線
奥羽本線
五能線
岩木山
川部
弘前

## 太宰への思い

太宰治が玉川上水で愛人山崎富栄と入水自殺を図ったのは、昭和二十三年の六月十三日である。遺体があがったのはその六日後の十九日だった。その日は奇しくも太宰の三十九回目の誕生日だった。太宰の墓がある東京三鷹の禅林寺では、毎年この日に桜桃忌が開かれ大勢のファンがお参りに訪れる。私も十四年前（二〇〇一年）の秋、所用で東京に行ったときこの寺を訪れ、太宰の墓に手を合わせた。そのときは季節柄人影もなく、墓は夕日を背にひっそりと佇んでいた。そのときのことは、前著（『夢をはこぶ舟』）でコラムに書いた。タイトルは、「専門科目」。そのコラムから一部引用する。

太宰は昭和十九年、故郷を取材した風土記、「津軽」を書いている。その序編で興味深いことを言っている。

「私はこのたびの旅行で見て来た町村の、地勢、地質、天文、財政、沿革、教育、衛生などに就いて、専門家みたいな知ったかぶりの意見は避けたいと思う。（中略）私には、また別の専門科目があるのだ。世人は仮りにその科目を愛と呼んでいる。人の心と人の心の触れ合いを研究する科目である」

大地主である実家への愛憎、自殺未遂、心中未遂、思想活動からの脱落、薬物中毒、愛人の子の認知など、無頼派太宰の面目躍如とでも言うべき言葉である。「愛」こそ自分の専門科目だと言い切るだけの才能と生き様があったからこそ、太宰は太宰足りえたのだろう。

人にはそれぞれ得意とする分野がある。病院の職員に「あなたの専門科目は何ですか？」と尋ねたら何と答えるだろう。医師なら「〇〇科の診療」、看護師なら「心を込めた確かな看護」などと答えるかもしれない。命を預かるスペシャリストには、ぜひ自信を持ってそう言い切ってもらいたい。

私なら「文章を書くことです」と答えたい。しかし、太宰の墓石に「どうしたら人の心を打つ文章が書けますか」と尋ねたとき、こんな答が返ってきた。

「そんな中途半端な生き方じゃ駄目だねぇ。大切なのは技術じゃないんだ、生き様なのだよ」と。

太宰の墓に参ったあと、思いを寄せる太宰をもっと知りたい、肌で感じたいと願う気持ちは日々強くなっていった。太宰は「青春のはしか」のようなものとよく言われるが、人生の折り返し地点をはるかに過ぎた今でも微熱は治まらない。それどころか、一時的に通り過ぎるものではなく、慢性病のごとくますますのめりこむものになっていった。

今からもう九年も前になるが、平成十八年十月二十八日㈯から三十日㈪まで、いつか訪ねてみたいと思っていた太宰の故郷、青森県の津軽へ二泊三日の一人旅に出た。念願ではあったが、何かとしがらみを抱えた身としては半ば夢だとあきらめていた旅であった。しかし、想いが募れば願いは叶う。「予もいずれの年よりか、片雲の風に誘はれて、漂泊の思ひやまず（松尾芭蕉『おくの細道』）」、すべてを振り切って旅の人となった。ニーチェも語る。「のがれよ、私の友よ。君の孤独の中へ。強壮な風の吹くところへ」と。行程は小説「津軽」で太宰が歩いた経路を忠実にたどることにした。

三日間の夢のような旅から帰って、この旅で感じたことを文章にしたいと思った。しかし、日々の平凡だが多忙な生活に追われて、いつしか書こうという気持ちを忘れていた。いや、そうじゃない。自分に嘘をついてはいけない。常に心のひだに綿々と挟まっていたのだ。書きたい、書かなきゃいけないと。本当は、多忙を隠れ蓑にして、旅で肌身に感じた太宰の圧倒的な存在感に怖れをなしていたのだ。自分が太宰のことなど書けるはずがないと。

では、なぜ書き始めたのか。気力が漲ってきたからではない。意欲的に生きようと思ったからでもない。むしろその真逆で心の振り子は反対側に振れたのだ。残りの人生を、計画的に意欲的に生きて行こうと考えたなら、この太宰の旅をまとめようとは思わなかっただろう。いつ何があるかわからないこの人生、それは突然の死かもしれない。肉体的には生きていても、精神は死に至らしめられることが起きるかもしれない。精神が死ねば、もう書くことなどできないに違いない。精神が死ぬ前に生きた証を記しておかなければならない、そういった強迫観念にかられたからだ。

そこで、本棚から古い旅の資料を引っ張り出してきた。旅から帰ってこの九年間で私の身の回りにもさまざまなことが起きた。仕事では、平成十九年に日赤愛知県支部に異動し、平成二十一年にまたこの名古屋第二赤十字病院に戻ってきた。課長から部長となり、管理局長に昇任した。家庭のことでは、息子たちも三者三様の人生の荒波にもまれたのち、現在はなんとか社会の一員になり、自立できた。病院業界は、ここ数年、国の医療費抑制政策の煽りを受けて大きく揺さぶられている。当院も同様、経営の舵取りは困難を極める。本業の医業収支が芳しくないと、風当たりは厳しい。それらの荒波にも幹部が一丸となって経営改善策を立て、様々な増収・コスト削減対策を実行した。その成果が現れ、平成二十六年度には歯止めがかかり、今年度はV字回復まで持っていった。その間、とても、自分の本など書ける精神状態ではなかった。しかし、前述したように、何が起きるかわからないこの人生、精神が死ぬ前に、燃え尽きる前に、生きた証を残したいと思うようになったのだ。太宰は、最初の作品集「晩年」を遺書のつもりで書いたと述懐している。私はその気持ちに共感する者である。

また、太宰は、人生最後の完結小説、「人間失格」の第一の手記で、主人公の大庭葉蔵に「恥の多い生涯を送って来ました」と言わせている。そして、第三の手記の終わりで、「いまは自分には、幸福も不幸もありません。ただ、一さいは過ぎて行きます」と言わせて結んでいる。「人間として失格する」とはどういうことだろうか。太宰が言うように、幸福も不幸も感じない、ただ時の流れだけを淡々と見送るしかない廃人のようになることだろうか。

では、幸福と不幸をより繊細に感じるが、「生き生きとした人間」という立場を失う地獄はなんと言えばいいのだろうか。「人間失脚」。私はこう名付ける。人間を失脚するということは、耐えかねて、自ら命を絶ってしまうこととは違う。何かのために人間からドロップアウトさせられてしまうことだ。それはいつ起きるか誰にもわからない。人間から完全に失脚してしまう前に、私はこの物語を書き残して生きた証を残さなければならない。そう感じたのだ。それが、旅から九年もたってかきたてられるように書き始めた理由である。

平成一八年十月二十八日から三十日まで、たった三日間の旅。太宰への思いを散りばめながら書いて行こうと思う。平成二十七年の九月に。

## 深夜特急あけぼの

「津軽」は、昭和十九年、太宰が三十五歳のときの作品である。東京の出版社の依頼を受け、その年の五月十二日から六月五日まで故郷津軽の取材をしたときのルポルタージュである。太宰は、十七時三十分上野発の夜行列車に乗り朝の八時に青森に着いた。その十四時間半の行程を、「津軽」ではたった九行で済ませている。それも予想以上に寒いから早くどこかの宿で熱燗が飲みたいといった内容だ。故郷が近づいてくることへの心の昂ぶりなどは、一切書き込まれていない。旅情も郷愁もない九行だ。そういえば阿久悠作詞の名曲「津軽海峡・冬景色」でも、「上野発の夜行列車降りたときから青森駅は雪の中」といきなり青森に着いている。どうも巨匠と呼ばれる人たちは車中の出来事には関心がないらしい。いうまでもないが私は巨匠ではないので車内でのささいなことのひとつひとつが興味深く、しっかり書いておきたい。

十月二十八日㈯、乗ったのは午後九時四十五分発、奥羽本線経由青森行き寝台特急「あけぼの」だ。少し早めに上野駅に着いたため、まだ「あけぼの」は停車していなかった。この上野駅のホームは地下鉄のように屋内にある。始発駅らしく線路の一方は行き止まりとなっている。通りかかった駅員さんに「車内で食べ物や飲み物が買えますか」と聞くと、「車内販売はしていないので、そこにコンビニがありますから買って行ってください」と教えてくれた。言われたとおりコンビニでサンドイッチと缶コーヒーを買ってホームに戻ると、すでに列車は停車していた。三本の黄色いラインが横に走った青い車体が美しい。デジカメで写真を撮ってから車内に乗り込んだ。写真といえば、高級そうなカメラを担いで写真を撮っていた中年の男性がふたりいた。彼らは乗るつもりはないようだった。いわゆる鉄道マニアなのだ。一号車は女性専用車で、私の車両は二号車のB寝台だった。B寝台は両側に二段ベッドがある四人部屋だ。私は十四番、四人部屋の下の段のベッドだった。上のベッドにはすでに先客がいた。かなりご高齢のおばあちゃんだった。彼女は二階のベッドにちょこんと座って文庫本を読んでいた。私が「こんにちは。よろしく」と言うと、一瞬警戒した様子で私を見たが、聞き取れないくらい小さな声で「こんにちは」と返してくれた。年はひょっとしたら八十歳を超えているかもしれない。小さくやせたからだを折り曲げて一心に本を読んでいた。上のベッドに上がるには、細い鉄のはしごを上らなくてはいけない。彼女の年ではかなり大変だったろう。上下変わってあげた方がよいのかなと思ったが、おせっかいだと思い言わなかった。しかし、それが杞憂であることがすぐにわかった。私が下のベッドに上がりこみ壁にもたれて文庫本を読んでいると、目の前を何かがすっと動く気配がした。二階のおばあちゃんだった。音もなくはしごを降りてきたらしい。トイレにでも行くのか部屋を出て通路を右に歩いていった。しばらくして戻ってきたおばあちゃんは、はしごに手と足を掛けるとまた音もなくひょいひょいと駆け上がってしまった。その軽業師のような手馴れた動きに感心した私は、ベッドから降りると上のベッドを見上げ、「おばあちゃん、どこまで行くの?」と声をかけた。彼女はびっくりしたように私を見たがすぐ、「秋田の大館までだぁ。孫が東京の学校さいっとるもんだで、ときどき東京見物に呼んでくれるんだわ」と教えてくれた。私は大館がどこにあるのかよくわからなかったが、それでこの寝台列車にも乗りなれているのだと納得した。

出発の時間が来た。午後九時四十五分、あけぼのはガクンと車体を揺らして動き始めた。夜通し走り続け、青森駅に着くのは明日の朝九時五十五分の予定だ。いよいよ太宰の故郷への旅の始まりだ。

走り始めてしばらく壁にもたれて文庫本を読んでいると、二階が静かになった。それまでは時々ベッドがきしむ音で人のいる気配がしていた。でも今はそれも聞こえなくなった。どうやらおばあちゃんは寝てしまったらしい。まわりが静かになると急に空腹を覚えた。私は上野駅で買ったサンドイッチをほおばった。ビールは買わなかった。旅の一秒一秒を楽しむために、酔って寝てしまいたくなかったからだ。食べ終わるとトイレに行くためベッドを抜け出した。通路に出ると大きな窓の外に家々の灯りが流れていくのが見えた。細い通路を通ってトイレに着いた。トイレは男女兼用で、平坦な床に穴が開いただけの簡単な造りのものだった。平成十四年の十一月、当院の名誉院長である栗山康介先生と中国を旅した時に上海から南京まで乗った列車のトイレを思い出した。あのときのトイレも同じような造りだった。トイレから出て、洗面所で手と顔を洗い歯磨きをした。この洗面所は古い旅館の洗面所のように並んで手洗いができるようになっている。

部屋に戻りベッドにあがった。ベッドは固めのソファベッドで、幅は大人がなんとか寝られるくらいだ。うすいグリーンのじゅうたんのような生地だ。周りをカーテンで囲んでかろうじてプライバシーが保たれるようになっている。しばらくあぐらをかいて文庫本を読んでから、シーツを敷いて腹ばいになった。バッグからノートとボールペンを取り出し旅の記録を書き始めた。するとけっこう揺れることに気が付いた。線路の枕木がゴトンゴトンとからだに振動を送ってくる。その単純で規則正しい響きが郷愁を誘う。周囲は寝静まり、聞こえてくるのは列車が走る音だけだ。時計を見ると、もう午後十一時を過ぎた。私はボールペンをノートにはさみバッグに放り込むと体を反転し毛布をかけた。列車が走る音だけを聞きながら、枕木のリズミカルな振動に身を任せながら私は眠りにつこうとした。「俺は北へ向かっているのだ」。こんなとき似合うのはやはり演歌だと思った。八代亜紀の「愛の終着駅」のイントロが頭の中に流れてきた。私はひとり夜の底を北に向かっていることに胸の高鳴りを覚えた。

しばらく走った後、列車が止まった。高崎駅に停車したらしい。ドアが開くと通路が急に騒々しくなった。団体客が列車に乗り込んできたのだ。カーテンをしているため姿は確認できないが、男性ばかりの団体のようだ。彼らはお酒が入っているらしく大きな声で話し合いながら通路を歩いてきた。そのうちの二人が私とおばあちゃんが寝ている部屋に入ってきて、向かい側の空いている二段ベッドに入った気配がした。他の人たちは近くの部屋らしく、荷物を置いて落ち着くと部屋を行き来してみんなで話を始めた。どうやら会社の慰安旅行らしく、ときどき「弘前」と言っているところをみると、目的地は弘前らしい。酒飲み特有のからみつくような大きな声で、何事か話している。また酒盛りが始まったようだ。カーテンのせいではっきりしないが、たぶん通路に出てきているのだろう。たしか通路にも折りたたみ式の小さなテーブルが備え付けてあった。旅愁にしみじみ浸りながら眠りにつきたかったのに、これで台無しになってしまった。

その後、しばらく団体客の宴は続いた。私は眠れずにベッドの天井を見つめていた。その間も列車は夜を粛々と走り続けた。日付が変わる頃、さすがに団体客も眠くなったのか再び周囲が静かになってきた。今度こそベッドを揺りかごに、列車の走る音を子守唄に眠りについた。

翌朝、列車の揺れに目を覚ました。耳を澄ましても周囲はまだ静かだ。おばあちゃんも団体客もまだ眠っているらしい。時計を見ると朝六時過ぎだ。毛布をはねのけカーテンを開け通路に出てみた。大きな窓から夜明けの町を見た。黒い瓦の民家が密集して、家並みの向こうにねずみ色をした海が見える。日本海だ。青森へ向かう奥羽本線は一時的に日本海側に出る。おおむね秋田駅から追分駅までの区間だ。夜明けに日本海が見える町を走るなんて「あけぼの」も粋なはからいをしたものだ。私は目覚めたときに偶然日本海を見られたことに満足した。秋田から終点の青森まではまだ約三時間もある。まだ三時間も列車の旅を楽しめることにしみじみとした喜びを感じた。

車窓に流れる家並みが突然途切れ、小さな川が海に注ぐのが見えた。幅の狭い砂浜に波が白く押し寄せていた。波打ち際から二十メートルくらい向こうに置かれた消波ブロックに波が当たり白いしぶきを立てていた。その時、軽快なチャイムのあと、車内アナウンスが流れた。「皆さまおはようございます。本日は十月二十九日日曜日です。ただいまの時刻は朝の六時十七分です。あと二十分ほどで秋田に到着いたします。秋田でお降りの方はそろそろお目覚め下さい」

なんと親切なのだろう。しかし、確かにこのアナウンスがなければ寝過ごしてしまいそうな快適さだ。終わりのチャイムのあとはまた走る列車のガタンゴトンという単調な音だけが車内に響いた。窓の外の景色は、秋田が近いというのに町並みは途切れ、しばらくは荒地が続いた。空はどんよりと曇り、海の色はさらにねずみ色にくすんでいた。今日は天気が悪いのだろうか、そんな心配をするような夜明けだった。しかし、海は大きなうねりもなく静かだった。

しばらく日本海のイメージに似合わぬおだやかな海を見ていたが、列車はふたたび内陸部へ進路を変えていった。

列車は時刻通りに秋田駅に到着した。列車は夜通しの旅で疲れたからだを長いプラットホームに付けしばしの休息をとった。ホームには降りて改札をめざして歩く乗客たちの姿があった。

列車は再び重いからだを動かし、ガタンゴトンと規則正しい鼓動を刻んでスピードを上げていった。いよいよ大館、弘前、青森へと進んでいくのだ。

走り始めてまもなく、線路のすぐ横に建っている秋田工業高校の野球のグラウンドにところどころ水たまりができているのが見えた。昨夜、この地方は雨が降ったのだろう。列車は田畑や里山の中を走っていく。だんだん日本海は遠のいていく。

大館で二階のベッドのおばあちゃんが降りていった。弘前で社員旅行の団体が降りていった。私のまわりには誰もいなくなった。冒頭でふたりの巨匠が列車内での出来事には関心がなかったことに触れたが、文豪夏目漱石は違っていた。初期三部作のうちのひとつ「三四郎」では、主人公の小川三四郎が東京大学入学のため熊本から上京する場面で、車中で出会う人々について詳細に書き記している。その量は、文庫本で十五頁にもわたっている。その中に後日再会して三四郎に大きな影響を与える広田先生がおり、三四郎との会話が小説に深みを与えている。しかし、残念ながら我が旅行記では、二階のおばあちゃんも、弘前行きの団体客ももう出てこない。おそらく一生会うことはないだろう。そう思うと人の縁の悲しさを感じるのだが、小説は事実より奇なり、さよならを言おう。

列車は定刻どおり午前九時五十五分に青森駅に着いた。バッグを肩にかけてホームに降りた。小説「津軽」ではT君が迎えに来たが、当然のことながら私には迎える人はいない。

T君は昔、太宰の生家に仕えた身であった。主に鶏舎の世話をしていたとある。太宰はT君の家で念願の熱燗をいただきながら、気障ったらしく「僕は君を親友だと思っているんだぜ」と言うが、T君に「それはかえって愉快じゃないんです。私は金木のあなたの家に仕えた者です。そうしてあなたはご主人です。そう思っていただかないと、私はうれしくないんです」と拒絶されてしまう。大地主の旧家に生まれた太宰の宿命であろうか。仕える者、つまり「民衆」の友でありたいと願った太宰であったが、仕える者側からみればあくまでも太宰はご主人様なのであった。太宰文学の根底に流れる孤独と憂鬱を感じる場面である。「津軽」では、T君の家で熱燗をいただいたあと、お昼のバスで中学時代の唯一の友人N君を訪ねて蟹田へ向かっている。私はバスではなく、JR津軽線の函館行き「スーパー白鳥95号」に乗り換え蟹田駅で降りることにしていた。駅員に訪ねると向かいのホームを指差し、「あの特急だぁ。もう発車するべ」と教えてくれた。一秒一秒が貴重な旅である。乗り遅れるわけにはいかない。私はバッグをかかえて走った。階段を上り下りして何とか向かいのホームの特急白鳥の自由席に滑り込んだ。今日のうちに蟹田、三厩《みんまや》、竜飛岬まで行き、そして再び青森まで戻りJR奥羽本線、五能線を乗り継ぎ宿泊する五所川原まで行かないといけない。白鳥は私が乗り込むとすぐに走り出した。いよいよ津軽半島の旅のはじまりである。

この世に生きてきて、つくづく悔しいと感じることがある。小説家、太宰治と同じ時代を生きることができなかったことである。太宰は、明治四十二年に生まれ、昭和二十三年に没した。私は昭和三十二年に生まれた。太宰がこの世を去って九年後だ。夜空に星が流れる一瞬も重ならないのである。王貞治、長嶋茂雄、大鵬、初代貴ノ花、モハメド・アリ、矢吹丈、大場政夫、辰吉丈一郎、ペレ、ジョージ・ベスト、マラドーナ、司馬遼太郎、村上春樹、車谷長吉など、私が愛する偉大な人たちとは幸いにも同じ時代、同じ空気を吸って生きることができた。そのなかに残念ながら太宰はいない。

たとえ、時代が太宰と重なっていたとしても、実際に逢うことはできなかったかもしれない。しかし、太宰が生きていた時代に自分が存在していたのなら、きっと心の芯に何かを植え付けてくれただろう。作品の伝わり方だって違うはずだ。その空白感が、悔しいのである。

太宰との出逢いは、小学生低学年のときに読んだ「走れメロス」だ。学校の図書館で借りて読んだ。その頃の私はよく本を読んだ。本の虫だった父親の影響が大きい。父は健在で、今年卒寿を迎えるが、若い頃から本を読むことが好きだった。趣味は読書と蔵書、俳句だった。三大道楽の「呑む・打つ・買う」には全く縁がなかった。父の「買う」は文学全集や古典などの書籍であった。公務員で二人の子供を抱えていたので、暮らしはけっして楽ではなかったと思うが、そんなことにはおかまいなく書籍を買いあさった。おかげで、さして広くない家の中は本だらけ。だから、幼い頃から私の身の回りにはいつも本があった。父は私たち子どもにも惜しみなく本を買ってくれた。イソップやグリムなとの童話や、ピーターパンや白雪姫などの絵本を読んだことを今でも鮮烈に覚えている。文章を書くことが好きなのも、俳句を愛する父のＤＮＡを引き継いだからに他ならない。そういった面では、父に感謝している。ただ、本音を言えば、少しはちょい悪親父で、大人の遊びを教えてほしかったが……。

小学校の図書館に入り浸って本を借りまくった。紙でできた図書カードの借入履歴がすぐ一杯になった記憶がある。「走れメロス」は、「メロスは激怒した」という有名な書き出しで始まる太宰の代表作だ。当時、壮大な長編を読んだ印象がある。こころに重かったという心象。自分がまだ子供だったからだろうが、それ以外にも、三日間という時間の流れを克明に追っていることや、外国の神話が舞台だったことや、友情と命というテーマの重さなどからそう思ったのだろう。この作品を最近、何十年ぶりに読み直してみた。しかし、大人になってから読む「走れメロス」は、驚くほど短く感じた。最初は、短縮版かと思ったほどだ。全く無駄がない文章とスピード感あふれるストーリーに引き込まれた。こんなに面白い物語だったのかと驚いた。原作はドイツの劇作家、フリードリヒ・フォン・シラーの「人質」と言われる。古典や他人の日記、神話、昔ばなしなどを下地に太宰流にリメイクするのは彼の手法のひとつだ。どの作品も面白く、その腕の凄さに圧倒される。

先日、ＮＨＫテレビの「１００分de名著」に太宰の「斜陽」が取り上げられていて、ゲストで芥川賞を取ったばかりの又吉直樹氏が「太宰作品はぜひ再読を勧めたい。読むごとにこんな話だったか！と新しい発見がある」と語っていたが、まさにそのとおりだった。又吉氏は、最初に読んだ太宰作品は、中学生の時で、なんと「人間失格」だったそうだ。又吉さんがすごいのは、中学生の時に、「(主人公の大庭葉蔵が) みんなを笑かせるためにやっていることは俺と一緒や」と深く感銘を受けたということだ(「ダ・ヴィンチ」特集又吉直樹)。中学生にしてこの感性。それが将来の芥川賞受賞につながっていくのであろう。さて、太宰への旅を続けよう。

## 風の町、蟹田

スーパー白鳥は青森から青函トンネルを通って函館まで行く。青森から降車する蟹田までは約二十五分だ。蟹田の町をぶらぶらしてから再び津軽線に乗って終点三厩《みんまや》まで行き、そこから外ヶ浜町営バスに乗り換え竜飛岬まで行くというのが私の計画だ。ちょうど津軽半島の東側の沿岸部をたどっていくルートだ。太宰が生きた時代には津軽線もなく、青森からバスで後潟、蓬田、蟹田、平舘、一本木、今別を経由して三厩まで行った。三厩から竜飛岬までは歩くしかなかった。所要時間は青森から三厩までがバスで約四時間、三厩から竜飛岬までが徒歩で約三時間だと太宰は書いている。その長い道程を、私は駆け足で味わおうというのだからしょせん無茶な話だ。しかし、太宰が踏みしめたであろう道を、太宰が見たであろう風景を胸に刻みながら旅を続けていきたかった。

太宰は青森から蟹田のN君を訪ねてバスで移動した。その後の予定は、「はじめは蟹田から船でまっすぐに竜飛まで行き、帰りは徒歩とバスという計画であったのだが、その日は朝から東風が強く、荒天といっていいくらいの天候で、乗っていく筈の定期船は欠航になってしまったので、予定をかえて、バスで出発することにしたのである」と書いている。それが幸いして、今別のMさんのお宅での志賀直哉をめぐるやり取りや、三厩義経寺でのエピソードなどが書き込まれ、この稀代のロードムービーにどんどん引き込まれていくのである。

スーパー白鳥の自由席のシートで、そんなことをひとり考えていたとき、急に現実問題に引き戻された。私は蟹田までの切符を買っていなかった。青森から発車寸前の列車に飛び乗ったのだから当然であった。しかし、「そのうち車掌が回ってくるだろう」と思い直し、しばらく海岸線を見つめていた。

スーパー白鳥は十時二十五分、時間どおりに蟹田に着いた。車掌はついにやって来なかった。降りたのは私以外には中年の夫婦連れだけだった。ホームで周りを見渡した。思ったより大きな駅である。いや、大きいのは駅ではなくホームであった。異常に長いため、大きな駅のように印象付けられたのだ。駅舎はホームとはアンバランスで小さかった。改札口で駅員さんが立って私を待っていた。私は青森駅でスーパー白鳥に飛び乗ったため乗車券がないことを伝えた。その実直そうな駅員さんは、そんなことたいしたことじゃないとでもいうように一言「九百八十円です」と言った。私は半分ホッとしながらも、半分物足りなく思いながらお金を支払った。もし切符がないことについて駅員さんが少しでも怪訝そうな顔をしたら、太宰を偲んで名古屋から来たことを滔々と話そうと身構えていたのに拍子抜けした。しかし、考えてみればそんなことを期待するほうがおかしい。旅の旅情に浸っているのは私ひとりで、くだんの駅員さんは実直に淡々と日常業務をこなしているのだから。気を取り直し次の目的地、三厩までの列車の発車時間を尋ねた。駅員さんは「十一時五十八分までないですよ」と不思議そうに言った。たしかに青森から三厩まで行くのに蟹田で途中下車する理由はない。私は身の潔白を証明する証言者のように、やはり太宰の「津軽」のことを話せばよかったと思った。とにかく次の電車まであと約一時間半もあった。その間に太宰が中学時代のたったひとりの親友N君と旧交をあたためあったこの蟹田という町を味わおう。私は少し興奮しながら駅舎を出た。木造の小さな駅舎を出て振り返ると、木の大きな板に太く黒い墨の字で「蟹田駅」と書いてあった。小さな駅舎に不釣り合いなほど大きな看板だ。

出て左側に観光タクシーが二台停まっていた。運転手ふたりは顔馴染みらしく、車を降りて談笑していた。私をチラッと見たが、すぐにまた話に夢中になった。どうやら私は失格したらしい。彼らは私が客かどうか一瞬で値踏みして、観光タクシーを利用するようには見えなかったらしい。まあ、無理もない。年齢不詳、身なりもけっしてきれいとはいえなかった。タクシー乗り場の横に白い看板が立っていた。そこには、「北緯四十一度　ニューヨーク・ローマと結ぶ町」と書いてあり、その下には「蟹田ってのは風の町だね　太宰治（津軽より）」と記してあった。ニューヨークとローマを結ぶ町とは大きく出たなとやや苦笑しながらも、太宰の言葉にはやはり地元では小説「津軽」を意識しているのだとうれしくなってきた。この町には、太宰の匂いがぷんぷんしているのではないだろうか。私の期待は膨らんだ。太宰が風の町と呼んだこの蟹田だが、風はそよとも吹いていなかった。やはり季節や天候に左右されるのだろうか。

ところで、太宰の青森中学時代の友人N君とは中村貞次郎氏のことだという。「津軽」では中学時代のN君との交友をこと細かに記している。「思い出」という太宰の初期の小説に出てくる「友人」とはたいていこのN君のことであると書いている。再開した当時、N君は町民の信望厚く町会議員をしていた。太宰はN君の家で酒を酌み交わしながら、大好物の蟹をご馳走になっている。太宰は今回の旅で、食べ物にはとんと淡泊であろうと心に決めていた。戦時中、東京の一部の人たちが地方へ行って、しきりに帝都の食糧不足を訴えるので、地方の人たちは東京から来た人たちを、食べ物をあさりに来たものとして軽蔑して扱うようになったとの噂を太宰は聞いていたらしい。「津軽」で太宰は書く。「私は津軽へ、食べ物をあさりに来たのではない。（中略）私は真理と愛情の乞食だ。白米の乞食ではない！」。そんな太宰が、蟹田のN君には前もって手紙で、「リンゴ酒と蟹だけは用意してほしい」と普請したのが可笑しい。「食べものには淡泊なれ、という私の自戒も、蟹だけには除外例を認めていたわけである」、「それから好むものは、酒である。飲食に於いては何の関心も無かった筈の、愛情と真理の使徒も、話ここに到って、はしなくも生来の貪婪性の一端を暴露しちゃった」と続けている。

N君もまた酒豪であった。いや、太宰は「しかし、君も相変わらず飲むなあ。何せ僕の先生なんだから、無理もないけど」と言い自分に酒を教えたのはこのN君であると書いている。これに対し、N君の答が面白い。「僕だって、ずいぶんその事に就いては考えているんだぜ。君が酒で何か失敗みたいな事をやらかすたんびに、僕は責任を感じて、つらかったよ」と茶化すように答えている。また、太宰は酒を飲むことについて芭蕉の行脚掟と論語を持ち出して、自己弁護している。芭蕉の行脚掟とは、「一、好みて酒を飲むべからず。饗応により固辞しがたくとも微醺にして止むべし、乱に及ばずの禁あり」というものである。付き合いで辞退しがたくても少量にしておくべきであり、飲みすぎて乱れることは厳禁であるという意味だ。太宰はこれに対して、論語の「酒無量不及乱」を持ち出し、『酒はいくら飲んでもいいが失礼な振舞いをするな』という意味に私は解しているので、敢えて芭蕉翁の教えに従おうともしないのである」と開き直っている。「津軽」のこのくだりで面白いのは、「私はアルコールには強いのである。芭蕉翁の数倍強いのではあるまいかと思われる」と、酒の強さを芭蕉と張り合っているところである。

蟹田駅前に町の観光地図がある。大きな地図だ。蟹田はちょうど津軽半島と下北半島に挟まれた陸奥湾《むつわん》に面している。地図で見ると南北にほぼ真っ直ぐに海岸が続いている。遮るものがないから風が強いのかもしれない。地図では、蟹田駅から海岸の方向へ歩くとすぐに国道二八〇号にぶつかり、交差点を左折し北へ向かうと間もなく蟹田川に出る。地図には青い字で「シロウオ漁」と書いてある。蟹田川を遡上してくるのか、蟹田川を下ってくるのかわからないが、この川はシロウオ漁が有名なようだ。

その観光地図の足元に腰ほどの石碑があった。「第十回風のまち川柳大賞」と書かれており、「はじまりは風がめくった一ページ」と刻んであった。風のまちらしいお洒落な川柳だ。面白かったのは、作者が青森の人ではなく、山口県下関市の女性だということだ。私のように旅の途中で蟹田に立ち寄ったのか、それとも何かの雑誌で公募していたのを見て応募したのかわからないが。

さて、この石碑にしばし見入った後、蟹田の町を探索することとした。駅舎の前の広い通りをまっすぐ歩いて行くと興味深いものに出会った。カラスが一羽、ゴルフボール大の丸いものを咥《くわ》えて飛び立った。すると道の上にかかっている電線にとまり咥えていたものを落とした。そのものはカツンと乾いた音を響かせてアスファルトに当たり一メートルほど転がった。間髪を入れず落としたカラスが舞い降りてそのものを何度か突付いた。どうやらその丸いものはクルミらしい。電線から落として割ろうとしたが殻が固く割れなかったようだ。カラスは二度三度首をかしげて、何事か思案しているように見えた。広い駅前の道路だが、さっきから一台も車が通らない。私はカラスに近づいた。カラスはピョンピョンと二度飛び跳ね私から遠のいた後、クルミが惜しそうに飛び去った。私はクルミを覗き込むと、靴のかかとで勢いよく踏みつけた。グシャと音がして殻は簡単に割れた。中の身がこぼれ出てきた。私はそのままにして歩道に戻りしばらく様子を見た。思ったとおりどこからかさっきのカラスが降りてきて、クルミを突付き始めた。割れた理由などどうでもいいとでも言うように突付いては周りを警戒し、また突付いた。私はそれを見ながら少し後ろめたさを感じた。ただの通りすがりの旅人が自然の流れに影響を与えてしまったことを悔いていた。子供の頃、白黒テレビで夢中で観ていた外国番組に「野生の王国」があった。J．パーキンス教授が様々な野生動物を紹介する番組だ。その教授の言葉を思い出した。たしか餓えて倒れる野生動物のシーンで、「私たちが救いの手を差し伸べればこの動物は助かるかもしれません。しかし、絶対に手を貸してはいけないのです。自然界の成り行きに任せることが大事なのです」というような意味だったと思う。私は何も考えずそれをやってしまった。カラスがクルミを食べるところが観たいというだけのエゴイズムで。さらに、タイムマシンで過去に遡る映画も思い出した。主人公が歴史の重要な場面に遭遇し、あわや史実に影響を与えそうになるストーリーだ。クルミを踏んづけたのは現在で過去ではないし、ほんの些細なことだが、歴史のひとコマを変えてしまったことには違いない。

さて、太宰を偲ぶ旅だった。「津軽」の足跡をたどる旅だった。次に乗る列車の発車まで、まだまだ時間があるにしても時間は無駄にはできない。私はそう思い直し、その道をまっすぐ進んだ。百メートルくらい行くと信号のある三叉路に出た。国道二八〇号線だ。私は迷った挙句、左に曲がることにした。しかし、さっきから車は通らないし、地元の人もほとんど見ない。町全体が静まり返っている。ひょっとして、マカロニウェスタンの映画のように町の人たちは家の中からこの突然訪れたならず者の様子を窺っているのかもしれない。そう思えるほど閑かであった。そういえば、太宰も「津軽」で、町民の温和な性格を引き合いに出して「蟹田の町は、おとなしく、しんと静まりかえっている」と書いている。

私はしばらく歩きながら空腹を覚えた。そういえば朝から何も食べていない。食べる間もなく蟹田まで来た。私はまず腹ごしらえをしようと喫茶店か、食堂を探した。しかし、いくら歩いても、見渡しても、このほとんど車も通らない国道の両側にそのような店は見当たらなかった。人に尋ねようにも誰も歩いていない。一度意識すると空腹感はどんどん増してくる。十五分くらい歩いたときにやっとラーメン屋ののぼりを発見した。まさに「発見した」のだ。その店は個人の家を改造したらしいほんの小さな店だった。すりガラスの引き戸に申し訳程度に「営業中」の札が張ってあった。私は引き戸を開け中に入った。「こんにちはぁ。やってますかぁ?」。声をかけたが返事はなかった。引き戸を開けたときチャイムが鳴ったから奥にいても気付くはずだが、返事はなかった。厨房横の通路から奥に向かって何度か声をかけたが誰かいる様子はなかった。私は営業しているかどうか店の様子を観察し始めた。三人も座れば一杯になりそうなカウンターと、四人がけテーブルがふたつ。定員十一人の店だ。カウンター越しに覗く厨房には鍋がかかっており、ぐつぐつ何かを煮ている音がしていた。壁にかかったメニューには、ラーメン小三百円、普三百五十円、大四百五十円、チャーシュー麺普四百五十円、大五百円、生そば二百五十円、鍋焼き四百五十円などと書かれていた。都会のラーメン屋よりずいぶん安い。鍋がかかっているから営業中であることは間違いないが、何度呼んでも誰も出てこない。私は諦めて他の店を探すことにした。

外に出て店を探した。しかし、歩いても歩いても店らしきものはなかった。右手に蟹田の漁港が見えてきた。港にも人影はなかった。海に注ぐ川に行き当たった。蟹田川だ。橋のたもとに交通表示の看板が建っている。「青函トンネル記念館四十二キロメートル、観欄山公園五百メートル、むつ湾フェリー〇・五キロメートル、海水浴場二百メートル」とある。観欄山公園とむつ湾フェリーは同じ五百メートルの距離なのに、むつ湾フェリーだけキロメートル表示なのが不思議だった。太宰の「津軽」に出てくる観欄山公園に行ってみたかったが、五百メートルは時間のないなか歩くには少々遠かった。私は断念して、蟹田川の景色を見渡した。橋の真ん中あたり高い電燈が立っている。その丸い電燈の上に一羽の鳥がとまって悠然と海を見ていた。体は白くて羽が黒っぽい。かもめだろうか。漁港の空にも三～四羽のかもめが飛んでいる。

「津軽」で太宰がN君の自宅でご馳走になった蟹は、「今朝蟹田浜から上がったばかりのものだろう」と推測している。地名どおり蟹が名産なのだろう。

橋の手前にうなぎ・寿司・天婦羅の看板を見つけた。小料理屋だったが、準備中の看板がかかっていた。そのときちょうど一台のライトバンが店の駐車場に停まり、女主人らしい中年の女性が買出しのビニール袋を持って降りてきた。私は「今、何か食べさせてもらえますか？」と声をかけた。女主人は私を一瞥して「まだ、準備中だからできないよ」とつれない返事を返してきた。私は続けて「このあたりで食事ができる店がありませんか？」と聞いたが、「今日は日曜日だからどこもやってないよ」と教えてくれた。どうりで町や港に活気がなかったはずだ。列車は十一時五十八分発、この店が営業を始めるまで待っている時間はなかった。それに乗り遅れると、次は十四時までなかった。何度も言うようだが、一秒一秒が重要な旅、今日中に竜飛岬まで行き、戻って五所川原のホテルに入らないといけない。私は蟹田川を渡りそれ以上進んでも期待できないと思い、駅方面に引き返すことにした。頼みはあのラーメン屋のみだ。再び店の前に来て、引き戸を開け声をかけた。

「はあい」今度はすぐに厨房から返事があった。出てきたのは腰が少し曲がったおばあちゃんだ。「ああ、よかった。さっき来たんだけど誰もいなかったよ」と言うと、おばあちゃんはすまなさそうに「ちょっと買い物に出とったもんで悪かったねぇ」と答えた。私はテーブル席に座り、チャーシュー麺の大盛りを注文した。出てきたのは今まで見たこともないものだった。「うーむ、これは！」濃い（ほとんど黒いといってもいい）醤油色のスープで、チャーシューは豚肉をスライスして炒めたものをまた醤油と味醂で煮込んだものだった。さっきから鍋で煮込んでいたのはこのチャーシューだったかもしれない。麺は太目の縮れ麺だった。メンマとねぎが申し訳程度に乗っている。まず、蓮華でスープを一口。予想通りしっかりとした醤油味だ。熱いのがうれしい。麺をすすり込む。適度にコシがある。チャーシューは思ったより柔らかくおいしい。夢中で食べていると、おばあちゃんが側に来て話しかけてきた。

「お客さん、寒くないかね？　ストーブつけよかね？」

「いや、ちょうどいいからいいよ」私は十月終わりのこの時期にストーブの話題がでたことに少し驚きながら店の中を見渡した。確かに店の片隅に小さな石油ストーブが置いてあった。私は少しおばあちゃんとの会話を楽しむことにした。蟹田の町での太宰の評判も聞いてみたかった。

「このあたりは、雪はいつ頃から降るの？」

「十一月半ば頃かな」

「ぼくは今日名古屋から来たんだけど」

おばあちゃんは少し驚いたように、

「あれま、どこまでいくの？」

「今から竜飛岬まで行って夜は五所川原に泊まるんだけど。ねえ、このあたりは冬は寒いでしょ？」

「風が強い町だわ、蟹田は」

「そう、そのことなんだけど、太宰治って知ってる？」

「知ってるもなんも、このあたりの人だがらぁ。たしか観欄山《かんらんざん》公園に太宰のへがあったべ」

おばあちゃんは碑のことを「へ」と発音した。

観欄山公園のことは「津軽」でも書かれている。太宰が蟹田を訪れた五月半ばはちょうど桜の季節で、N君と早朝青森から汽車で駆けつけてくれたT君らとお花見のため観欄山に登っている。私も太宰が絶賛した観欄山公園からの眺望を観てみたかった。しかし、時間的には無理だった。この旅に出たとき、太宰の「津軽」の足跡を忠実にたどる旅を決意したはずであったが、早くもドロップアウトしてしまった。しかし、これもまた人生。太宰の仲人も務めた井伏鱒二が唐の詩人于武陵《うぶりょう》の漢詩「勧酒」を和訳した「サヨナラだけが人生だ」にちなんで、私も言おう「ココロノコリだけが人生だ」。

『津軽』では、観瀾山の桜花の下でN君の奥さんが作ってくれた重箱を開け、花見に興じている。集まったのは、太宰を含め六人。N君、今別から来た病院勤めのMさん、青森から来た医師のTさん、Tさんの病院の蟹田分院の事務長のSさん、T君の病院の小説好きの同僚Hさん。そこで太宰は、小説好きの人たちからの質問攻めに遭い、つい、ある先輩小説家を罵倒してしまう。文庫本の注釈では「志賀直哉」のことではないかと推測されている。これには、一同大不服で、特に小説好きのMさんは「(志賀直哉のことを)貴族的なんて、そんな馬鹿な事を私たちは言っていません」と突っかかり、挙句の果てには、反論する太宰に「でも、あの人の作品は、私は好きです」とまで宣言してしまう。ここのやり取りが実に面白い。松尾芭蕉の「俳人の行脚掟」にある「一、他の短を挙げて、己が長を顕すことなかれ。人をそしりておのれに誇るは甚だいやし」を持ち出して、「自分はその甚だいやしいことをやっちゃった」と自省している。そして、「私にはこのいやしい悪癖があるので、東京の文壇に於いても、皆に不愉快の感を与え、薄汚い馬鹿者として遠ざけられているのである」とまで自虐的に書いている。さらに、無頼派太宰の真骨頂なのは、他の作家のことばかり話題にしてほめちぎる友人たちに対して、ついに我慢できず、「君たちは、僕を前に置きながら、僕の作品に就いて一言も言ってくれないのは、ひどいじゃないか」と口走り、「僕の作品なんか、まったく、ひどいんだからな。何を言ったって、はじまらん。でも、君たちの好きなその作家の十分の一くらいは、僕の仕事をみとめてくれてもいいじゃないか。君たちは、僕の仕事をさっぱりみとめてくれないから、僕だって、あらぬ事を口走りたくなって来るんだ。みとめてくれよ。二十分の一でもいいんだ。みとめろよ」とまで懇願口調になっていく。太宰が太宰であるための面目躍如だ。このあたり、「太宰は自分だ。太宰は私の代弁者なのだ」と思ってしまう。芥川賞がどうしても欲しくて、審査員の川端康成になりふり構わず「どうぞ私に与えてください」と手紙を書いた。太宰治という小説家は、心の底に誰もが持っている人間の弱さに対する感性が人一倍強く、マグマのように常に吹き出そうとしているのではないか。普通の人は、社会人としての体面があり、そのマグマに何重にも蓋をかぶせてしまい黙り込んでしまうが、太宰はむしろ噴火口に指を突っ込み噴出させることでかろうじて表現者として生きていく場所を見つけていったのではないだろうか。しかも、徹底的に深刻ではなく、どこか道化を演じながら。

さて、ラーメン屋のおばあちゃんとの話だった。私はおばあちゃんに、

「観欄山のことは知ってる。この先だよね。でもぼくは十一時五十八分の列車に乗らないといけないから、残念だけど寄れないんだよ」

ぼくはおばあちゃんとの会話を楽しみながら、チャーシュー麺を食べ続けた。

チャーシュー麺は文句のつけようがないほどおいしく、からだがぽかぽか温かくなってきた。食べる前にチャーシュー麺の写真と店の中の写真は撮ったけど、おばあちゃんの写真は撮り忘れた。残念なことをした。「ココロノコリだけが人生だ」。

食べ終わると五百円を払って店を出た。ワンコインの大満足である。おばあちゃんは店の前まで送ってくれた。少し急がないと列車に乗り遅れる時間だった。私は早足で駅へ向かった。国道の一本道だから道に迷う心配はなかった。

駅に着いたとき、列車はすでにホームに停車していた。二両編成だ。急いで五百七十円を支払って、終点三厩までの切符を買って駅橋を駆け上がり、また駆け下り、列車に乗り込んだ。列車は純白の車体に鮮烈な赤いラインが走っているすがすがしいデザインだ。お客は、一車両に数名しかいなかった。意外だった。どこに座るのも自由、私は四人がけボックスの進行方向に向かった窓側に座り、バッグを向かいのシートに置いた。靴を脱いで両足をシートに投げ出した。定刻どおりに列車は走り出した。いよいよ、石川さゆりが「ごらん、あれが竜飛岬　北のはずれと～」と歌った竜飛岬へ向かう。私の心は昂《たかぶ》ってきた。

## 竜飛岬

列車が走り出すとまもなく車内放送が入った。「この列車は三厩《みんまや》行きです。終点三厩には十二時三十七分の到着です」三十九分の短い乗車だ。

列車は次の停車駅「中小国《なかおぐに》」に停車した。この中小国を出ると函館に向かうJR津軽海峡線と竜飛岬方面に向かうJR津軽線に分岐する。蟹田まで乗ってきたスーパー白鳥は、海峡本線を走り青函トンネルを通って函館まで行く。私の乗る列車は中小国を出たあと、大平《おおだい》、津軽二股《つがるふたまた》、大川平《おおかわだい》、今別《いまべつ》、津軽浜名《つがるはまな》を経由して終点三厩に到着する。それらの駅名は独特の響きがあり、遠くに旅に出たのだという感傷を誘った。

ところで、先ほどの観瀾山での話には続きがある。太宰とN君の旅は当初、蟹田から船で竜飛岬まで直行して、帰りは徒歩とバスで帰るという計画だったらしいが、あいにくの悪天候で船が出ず、結局、行きは蟹田から三厩までバスで行き、そのあと徒歩で竜飛をめざすことに変更した。三厩までの途中、今別で下車して、病院勤めのM君の家に寄った。M君は前日、志賀直哉のことで激論となった相手だ。ここからのやりとりがまた面白い。Mさんは留守で、奥さんが応対したが、奥さんの様子が元気なく感じられ、またもや太宰は、「ああ、これは僕の事で喧嘩をしたんじゃないかな?」神経質に邪推してしまうのである。「作家や新聞記者の出現は、とかく不安の感を起させ易いものである。その事は、作家にとってもかなりの苦痛になっている筈である。この苦痛を体験した事のない作家は、馬鹿である」とまで書いている。M君が戻り部屋に通されたとき、志賀直哉第二ラウンドが始まるのだ。部屋に上がるとMさんの机の上に「あの五十年配の作家」の随筆集が燦然と置かれてあったのである。ついにいたたまれず一冊を手に取り、五ページほど読んでから、今読んだところは良かったが、他の作品には悪いところもある、装丁が豪華だから良く見えるなどと負け惜しみを言う。Mさんは勝利者のごとく黙って笑って見ていた。このとき太宰は三十六歳だから、すでに作家としての地位は獲得していたはずである。このあたりの狼狽ぶりが、「人にだまされる度毎に少しずつ暗い卑屈な男になって行った、『真理と愛情の乞食』（「津軽」）」である面目躍如か。若者がはしかにかかったように陶酔し、私のような中年も魂の隠れ家のように溺れるのが太宰文学なのだ。

「津軽」の太宰の行程を忠実にたどることが今回の旅の目的であったが、すでにいくつか失格の烙印を押されている。そして、またひとつ、この今別の件《くだり》だ。私の旅では今別は列車でのただの通過点となってしまった。本当は、この今別での本覚寺でのエピソードも実に面白いのである。お寺のおかみさんらしき人の説明に対してN君が実に熱心に質問する場面のやり取りだ。そして、もっと面白く、ついに吹き出してしまったのは、そのおかみさんとのやり取りを、酔っていてN君が全く覚えていないと太宰に告白する場面だ。むしろ犠牲者だとさえ言い切っている。こんな名シーンが繰り広げられた本覚寺を素通りしてしまった後悔。「ココロノコリだけが人生だ」。

さて、私は三厩に向かう車中だ。車窓から観る山々は紅葉の盛りだ。私はその色彩の移ろいを心から美しいと思った。高校か中学の校庭にある楓が紅く染まって実にきれいだ。きっと夜はかなり冷え込むのだろう。しばらく車窓に流れていく風景を見ていたが、次の大平《おおだい》に到着する前に家並みは途切れ、稲刈りがすっかり終わった何もない田んぼが広がっている。その向こうには里山の雑木林が広がっている。日本の古き良き原風景だ。

今夜泊まる宿は五所川原にあるホテルサンルートパティオ五所川原だ。今から訪ねる竜飛岬から五所川原に行くためには、竜飛岬から町営バスで終点三厩駅まで乗り、三厩駅から青森駅までJR津軽線で一旦戻りJR奥羽本線に乗り、かわべでJR五能線にまた乗り換えなければならない。五能線を北上、六つ目の駅で降りる。そこが五所川原だ。乗換えなどを考えると、青森駅に午後五時十分に着く列車に乗りたい。それは確か三厩駅発午後三時四十九分だ。三厩に着いたら時刻表で確認しよう。

竜飛岬から三厩駅まで戻る間に、義経寺にも寄りたい。太宰の「津軽」にも出てくる寺だ。三厩駅に着いた。津軽線の終点だ。ホームに降りて駅舎の方に向かうと線路の先には何もなかった。駅舎は蟹田駅よりさらに小さかった。駅舎内には壁に沿ってプラスチックの簡単な椅子が十脚ほど設置されていた。壁には「義経寺」、「厩石」などの観光地の写真がパネルにして飾ってあった。八畳ほどの待合室の中央に石油ストーブが置かれていて、ストーブからは不釣り合いなほど太い排煙パイプが天井へ抜けていた。

時刻表を見た。三厩は津軽線の終点、つまり始発駅だから蟹田、青森方面の列車だけだ。六時二十一分、八時〇五分、十二時五十三分、十五時四十九分、十七時五十五分と、なんと一日五本のみの運行だ。この地域にお住まいの方は、朝の八時〇五分の列車に乗り遅れたら、約五時間も列車がない。名古屋という都会なら目当ての列車に乗り遅れても十分も待てば次が来る。車がないと生活が成り立たないのかもしれない。

駅を出ると、ロータリーにタクシーが一台停まっていた。ここからの観光と言えば竜飛岬しかないのではないだろうか。運転手の初老のおじさんは暇をもてあましているらしく、車から降りて煙草を吸っていた。タクシーを使ってあげたいけれど貧乏旅、少しでも節約しなければならない。私はおじさんに心で詫びて竜飛岬行きのバス停を探した。バス停はすぐ見つかった。なにしろぐるりと見渡せば何もかも目に飛び込んでくるほどのロータリーなのだ。

町営の循環バスを待っているのはサラリーマン風のスーツの男性と私のふたりだけだった。出張の帰りにちょっと観光しようとしているのかもしれない。発車時間より五分ほど早くバスが来た。変哲のない普通のバスだ。バスが停まり降りてきたのは二人だけ。バスの運転手は定年退職したあと、再雇用の嘱託で雇われている感じのおじいさんだ。

バスに乗り込みシートに座り出発を待つ。午後零時五十四分発の町営バスで竜飛岬に向かう。竜飛岬には午後一時二十分に着く。十四キロ、二十六分のバス旅行だ。出発までに乗り込んできたお客さんは三人。最初から待っていた私とサラリーマンを合わせて五人だけだった。出発の時間が来てバスはドアを閉め動き出した。走り始めてしばらくは民家の間の狭い路地を通っていく。なかには車がすれ違えないほど狭いところもある。運転手のおじいさん、なかなかのテクニシャンだ。

バスの心地よい振動に揺られながらしばらく走っていくと、次第に民家がまばらになってきた。駅前の新しい家々とは違って昔からの平屋木造の家も増えてきた。太宰の「津軽」では、「ここは、本州の袋小路だ。読者も銘肌せよ」と竜飛へ続く道を表現した。そして「本州の極地」の集落にたどり着いたとき、「この部落を過ぎて路は無い。あとは海にころげ落ちるばかりだ」と書いた。今バスが走っているこの道は舗装されている。だから当時太宰が親友のN君と歩いた小路ではないだろう。いや、しかし、進む方向はおんなじだ。めざす岬はおんなじだ。ひょっとしたら窓から見る古い家並みの横をふたりが歩いたかもしれない。そんなことを考えていると、あることに気が付いた。古い家の壁や塀にイエス・キリストを賛美する小さな看板が貼られているのだ。黒い地に黄色いペンキではっきりと書かれている。短く「イエス様は……」などである。私はこの町の歴史をもっと学んでからここに来るべきだったかもしれない。そうすれば、この一分一秒をより濃厚に味わえたのに。知らないことが多すぎる。

バスは走り続け、突然視界が開けた。群青色の海が見えた。この色は、今朝の秋田の日本海の色とも、蟹田の河口の色とも違った。純粋にただひたすらに群青であった。積み上げられた消波ブロックに白い波が立っていた。はるかに薄墨色の陸地が見える。北海道だろう。横たわるのは津軽海峡だ。

バスは順調に、そう、おじいさんのドライブテクニックのおかげで何の支障もなく終点竜飛に着いた。途中、ひとりのお客さんも乗ってこず、誰も降りなかった。三厩から竜飛までそのままの状況を運んでくれたバスとおじいさんにお礼を言って降りた。降りるとすごい風だ。耳に轟々と響くほどだ。そして、冷たい風だ。まだ晩秋だというのに竜飛岬にはもう冬将軍のご挨拶状が届いていた。竜をも飛ばす風の強さからこの地名がついたという。そんなオーバーバーなと思っていたが、いやはやほんとに竜ですら飛んで行ってしまいそうな強風である。

竜飛岬のバス停で、まずやることは帰りのバスの時間を確認することだ。駆け足の弾丸ツアーでは、列車一本、バス一本の乗り遅れが命取りだ。そんな大げさなと言われる読者諸君は遠いはるかな町にひとり旅立つといい。この真剣で切実な思いが身に染みてわかるであろう。「読者！」どうも太宰の「津軽」の口調がうつってしまったようだ。さて、帰りのバスの時間だ。時刻表を見ると午後二時七分と午後四時四十二分だ！　三厩駅発午後三時四十九分の列車に乗るためには午後二時七分に絶対乗らないといけない。町営バスもJR津軽線も絶対的に本数が少ない。日頃十分おき位で車両が来る名鉄や地下鉄に乗り慣れているので大きな違和感があった。時間に気をつけていないと今日中に五所川原のホテルまでたどりつけないことだってある。

さて、午後二時七分まであと四十分くらい。短いような気もしたが考えてみればここの見所はそんなにあちこち分散してはいない。ただ、石川さゆりの歌う「津軽海峡・冬景色」の碑が山の上にあるらしいが、そこへ行くにはバスの終点、竜飛灯台で降りなければならない。しかし、私の降りたのはひとつ前の漁港だ。なぜならこの港には岸壁に太宰の碑があるからだ。「津軽海峡・冬景色」の碑は諦めよう。太宰の時代にはこの昭和の名曲は生まれていなかったのだ。まずは太宰の碑を見つけよう。

圧倒的な迫力で迫る日本海の海鳴りと吹きつける冷たい風を背負って漁港の先端の方に歩いていった。漁師の人が舟の手入れをしているか、網の手入れをしている。岸壁に釣り人が少しいる程度だ。旅行雑誌「るるぶ」では六月くらいの紫陽花がきれいに咲く季節の写真を掲げているので全くイメージが違う。十月末でこの冷たさであるので、これが真冬になると白一色の世界となり、風が冷たいを通り越して肌を刺すような痛みを伴うようになるのだろう。

港の向こう岸に大きな山と小さな山が二つ並んでいる。帯島だ。ふたつの山は、ともに真ん中がくびれて凹んでいる。凹みの底から縦に割れ目が地面まで走っているところを見ると、あるいはふたつの岩山がぴったり寄り添ってひとつのように見えているのかもしれない。遠目に見ると岩肌に緑色の苔が張り付いているように見える。苔であるはずがなく、背の低い樹木であろう。小さい方の岩山のふもとに白い二階建ての建物がある。看板に「津軽海峡亭」とある。料理屋さんか旅館かどちらかだろう。行って確かめてみたいが時間がない。かもめが一羽飛んでいる。風に向かってからだを預け、空に漂っている。白い小さな漁船が五艘ほど岸壁につながれている。小さな漁船の旗が今にもちぎれんばかりにはためいている。

岸壁を歩いていくと石碑が見えた。「これか！」近づくと太宰の白黒の顔写真があった。晩年、いや作品の「晩年」ではなくて人生最後の年（昭和二十三年、三十八歳）の、左手で頬杖をついてうつろな表情をしている有名な写真だ。太宰は最初の創作集のタイトルに「晩年」とつけている。遺書として出した創作集だ。最初の創作集に「晩年」とつけるから、太宰はややこしい。

写真の太宰は実年齢よりもかなり老成している。十分生きたという顔だ。写真の横に簡単なプロフィールが載っている。また、「この石碑に記されている『津軽』は、一九四四年（昭和十九年）の五月十二日から六月五日にかけて取材旅行をした後に、十二月に発表した作品である」と書いてある。石碑に引用されている「津軽」の一文。「ここは、本州の袋小路だ。読者も銘記せよ。諸君が北に向かって歩いている時、その路をどこまでも、さかのぼり、さかのぼり行けば、必ずこの外ヶ浜街道に至り、路がいよいよ狭くなり、さらにさかのぼれば、すぽりとこの鶏小舎に似た不思議な世界に落ち込み、そこに於いて諸君の路は全く尽きるのである」。このわずか数行を読んだだけでも太宰の感性の鋭さと天才を感じる。太宰ワールドである。六十年前、太宰もこの本州の袋小路に立ったのだ。石碑のすぐ右隣りには朽ちた樹木に「龍飛岬」と棟方志功が彫っている。いや、彫られているのは字の周りの樹皮で、「龍飛岬」という字だけが黒く浮き上がっている。志功がこの樹を彫ったのか、志功が筆で書いた字を誰かが彫ったのかはわからなかった。

碑の写真を撮ってから港の方へ回った。いっそう風が冷たく強く吹き付けてくる。頭の芯が痛くなる。岸壁には白く小さな舟が何艘も引き上げられていた。その横には、えんじ色の網と丸い輪の鉄枠で作られた籠がいくつも置かれていた。その形からおそらく蟹を捕る籠だろう。岸壁際まで行って海を覗いてみた。海水は碧く澄んでいた。

海に背を向け、次の目当てである歩く国道三三九号線の登り口を探した。車は通れず人しか通れない有名な国道だ。「るるぶ」の解説によると、「龍飛漁港と龍飛埼灯台の高台を結ぶ石の階段は、日本唯一の階段国道だ。狭くて急な階段は三六二段あり、総延長は三八八・二メートル」とある。これほど整備されていないにしても太宰の時代にもあったのだろうか。いいや、きっとなかっただろう。なぜなら、太宰は書いたではないか。「そこに於いて諸君の路は全く尽きるのである」と。

登り口はすぐに見つかった。時計を見ると午後一時五十五分だ。バスの出発時間まで十五分もない。階段を上っていくと灯台があり、この先に石川さゆりの「津軽海峡・冬景色」の石碑があるらしい。下から見上げると逆光の中、黒い石碑の影が見えたような気がした。それが石碑なのだろうか。しかし、急な坂道の階段で思ったより距離がある。あきらめざるを得ない。団体バス旅行の老人会だろう、人と会いすれ違う。私が早道で上っていくのを見て、「こんにちは、さすが、若い人は違うな」と声をかけてくれる。こちらもけっして若いわけではないが、おじいちゃん、おばあちゃんから見れば確実に若い。

できればおばあちゃんたちみたいに、ゆっくりのんびり上りたい。しかし、私には時間がないのだ。なんとしても、午後二時七分の帰りのバスに乗らなければならないのだ。それに乗り遅れると次は午後四時四十二分。なんと二時間半以上も待たなければならないのだ。

中腹に休憩所のようなところがあって、国道三三九号の標識が立っている。団体さんたちの残りはここでバスガイドさん、かなりの年輩だが、彼女に標識の横で写真を撮ってもらっている。二~三人ずつ仲の良い友達どうし撮影して、ひととおり撮り終わったとき、私も急に記念写真を撮りたくたった。この本州の最北端の場でここに生きた証を残しておきたくなったのだ。これも竜飛岬という地のなせる影響か。そうは思ったものの、一人旅だ。当然気軽に写真を撮ってくれる相手はいない。旅は一人旅に限ると思っているが、写真だけは困る。デジカメを取り出し、思い切ってガイドさんに「写真を撮っていただけませんか」と声をかけた。ガイドさんは簡単に承諾してくれた。私は年輩の女性には昔から受けがよいのだ。昔アルバイトで印鑑を売っていた時も、初めて買ってくれたのは、飛び込みで入った美容院のママさんだった。たしか、黒水牛の銀行印だった。カメラを渡し、標識のところに立ちポーズをとった。ガイドさんは簡単にシャッターを押し、「はい、撮れました」と言った。あまりに素早く簡単だったので、私は写真の出来が不安だったが、受け取って見てみるとピントも合っていたし、よく撮れていた。私は一瞬でも疑ったことを恥じ心の中で謝った。ガイドさんは人の写真を撮り慣れているのだろう。人に幸せを提供する職業なのだ。はたして自分の幸せはどうなのだろう。幸せな一瞬は誰に切り取ってもらっているのだろう。ガイドさんが撮った写真は、標識の「国道３３９」の文字がはっきり見えている。標識と私と、その背後には紺碧の津軽海峡が見事にマッチして配分されていた。私が撮ってもらっている間にも他の旅人たちが集まってきて標識の横が空くのを待っている。絶好の写真ポイントなのだ。私はガイドさんに「ありがとう。一生の記念になります」とお礼を言ってガイドさんと団体客を見送った。私はじっくり景色を眺めた。津軽漁港と三厩湾、そして真っ青な津軽海峡は雄大だった。絶景であった。水平線は地球が丸いことを証明するようにゆったりと円を描いていた。景色の右側には山をかすめ下北半島の先端が、北の方角には霞がかかって薄墨色に北海道が見えている。

それから名残惜しむようにもう少しだけ上って行った。しばらく上ると、階段の途中でひとりの女性が振り返って海をみつめているのが見えた。長い髪を風に遊ばせていた。ベージュのコートの襟からワインカラーのマフラーが見えていた。私はそこで止まるわけにはいかず、女性とすれ違ってからしばらくして振り返った。彼女はひとりだった。そのたたずまいからはどこかに連れがいるようには思えなかった。こんな本州北端の岬に女がひとり。その背中は淋しそうで、演歌の世界なら「恋に破れた女がひとり」と歌われそうな後ろ姿だった。これから津軽海峡を渡るのか。まさか身を投げるんじゃないだろうな。身を投げようにも連絡船はもう廃止されている。私は気がかりになった。しかし、私は午後二時七分の三厩駅行きのバスに乗らなくてはいけないのだ。階段国道を下りて行った。その女性とすれ違う時、もう一度顔を見た。一瞬だったが、ちょうど髪が風で流れて白い横顔が見えた。美しかったが、どこか無表情な感じがした。風景を楽しんでいるようには見えなかった。私は当然ながら立ち止まることもなく、階段を足早に下りて行った。何度も言うようだがこのバスを逃したら大変だ。次のバスまで二時間半以上待たなければならない。何よりもそのあとの予定がすべて狂ってしまう。孤独な旅人に、恋をしている暇はないのだ。

次から次へと上ってくる団体のおじさんやおばさんを右へ左へとかわしながらひょいひょいと下りて行く。ひょいひょいは最初のうちだけでそのうち両足の太ももが張ってくる。相当上りのダメージが来ている。

やっとのことでバス停にたどり着いたときには午後二時五分になっていた。危いところだった。相変わらず風は冷たく吹き付けてくる。風を避けるために小屋に入り込もうとしたら、さっき見た緑色のバスがブォーンとエンジン音を響かせながら近づいてくるのが見えた。漁港でユーターンしてバス停小屋の方にやってきた。運転手はやはりあのじいちゃん。止まる寸前で目と目が合った。こちらがにこっとするとじいちゃんもその厳格な表情を崩さずに目で返事をしてくれた。あごを少しひいたので「やあ」という意思表示だろう。

バスが停まり、中へ乗り込んで「どうも」と挨拶し、バスの中ほどのシートにどっかと座りこんだ。

席に座ってさっきの女性のことを考えていると、運転手のおじいちゃんがつかつかとこちらの方へ歩いてきた。表情は厳格なままだ。まずい、何か気に障ることでもあったのか？「やるのか？」私は身構えた。おじいちゃんは、私の前まで来ると聞こえるか聞こえないかくらいの小さな声で「ふん」と言って、手に持った紙を私に突き出した。それは外ヶ浜の観光パンフレットだった。竜飛岬、義経寺、蟹田など、津軽半島東側の名所を紹介したものだった。意表を突かれたが、受け取らないとまずい。反射的に手を出して受け取った。

津軽海峡冬景色ツアーの写真が大きくカラーで載っていて、雪景色の中で釣り船の灯りや街燈が美しい。この写真はツアーが行われる二月ごろのようだが、やはり津軽、竜飛岬は厳寒の冬に来てこそ味わえるのではないか。十月終わりでもこんなに風が強く冷たいのに、その時期にここへ来たらきっとしばれるだろうなと思った。

すっかり私も青森人となっている。「津軽海峡・冬景色」は冬景色の中で聴くからこそいいのだろう。

もう少し頑張って上まで上り「津軽海峡・冬景色」の碑を見たかった。ボタンを押して竜飛の風に吹かれながら石川さゆりの歌を聴きたかった。「ごらんあれが竜飛岬　北の外れと……」

おじいちゃんからパンフを受け取ったとき、とっさに質問した。「あの、義経寺《よしつねでら》から三厩駅までは歩いて何分くらいですか」

じいちゃんはその質問を聞くと、にやりと笑った。初めて笑い顔を見た。こわそうな顔の人の笑顔ほど可愛いと言うがじいちゃんもまさにそのとおりだった。そして、「それはな、ぎけいじって読むんだわ。義経寺に寄ることを俺も言おうと思っていたんだ。三厩の列車まで一時間くらい待ち時間があるはずだあ。へだで、義経寺で降りて見学して駅へ歩いていぐべか？」

「歩いて何分くらい？」

「だいたい二十分くらいだ」

「なら、そうする」

「よし決まった。んならまず、義経寺まで行ぐべ」

じいちゃんは、まるで国家の重要な審議事項が決まったかのように、うなずくときびすを返して運転席へ歩いて行った。

ほんの一分くらいのやり取りだったのにぼくの心は温かくなった。これが旅の醍醐味なのだ。

## 三厩（義経伝説）

じいちゃんはドアを勢いよく閉めて、バスを出発させた。今度は左側に海を見ながら国道三三九号線を一路義経寺に向かって進んだ。主要道路とはいえ、道幅は狭い。対向車線では大型トラックがどんどん突っ込んでくる。このバスの運転はたいへんだ。じいちゃんは相当の腕を持っている。じいちゃんの操るバスはエンジンのうねりをあげながら器用に対向車をかわして進んでいく。

海岸線を眺めながら二十分ほど経過したとき、バスは停車した。じいちゃんは振り返って「ここが義経寺だあ」と言った。

バスを降りるとき、じいちゃんに「ありがと。運転うまいね」と言った。じいちゃんはちょっと照れたように口の中で何か言ったが、小さくて聞き取れなかった。最後に「気を付けて」と言って私はバスのタラップを降りた。

バスを見送りながらじいちゃんは何を言ったのかなと考えた。「ありがとう」だったのかな。じいちゃんとの短いふれ合いは、吉田拓郎の名曲「落陽」を思い出させた。岡本おさみさんの詞が心にしみる歌だ。旅で知り合った博打で身を持ち崩してしまった男たちへの共感を歌っている。じいちゃんはまさか博打打ちじゃないだろうし、きっと身も持ち崩していない。しかし、同じ匂いがしたのだ。これも遠い町への一人旅がそう感じさせるのかもしれない。おそらくじいちゃんとはもう二度と会うことがないかもしれない。おじいちゃんに幸あれ。

さて、義経寺である。太宰の「津軽」でも、三厩から竜飛岬へ歩いていく途中、立ち寄っている。ただ、太宰はあまりこの義経寺に対して好意的に書いていないように思う。「故郷のこのような伝説は、奇妙に恥ずかしいものである。」と書いている。大仰な伝説が気恥ずかしいのだ。例えば、寺に上る石段のところどころにある窪みは弁慶の足あとだとか、義経の馬の足あとだとかいうものだ。ガイドブックの「るるぶ」では、「源義経ゆかりの小さな銀の観音像を江戸前期の僧、円空が見つけ、自ら彫った観音菩薩像の胸に納め、それが秘仏として残っている寺」とある。また、石段の登り口のそばにはみっつの穴が開いた大きな岩があり、「厩石《うまやいし》」と命名されている。「るるぶ」には、「源義経が北海道へ渡る際、荒れる津軽海峡を鎮めるために祈ったとされる岩場」と説明されている。また、太宰は「東遊記」の「波打際に大なる岩ありて馬屋のごとく、穴三つ並べり。是義経の馬を立給ひし所となり。是によりて此地を三馬屋《みんまや》と称するなりとぞ」という文章を引用して、例の「奇妙に恥ずかしい」の一節に続けている。

さて、石段を上りつめて見晴らすと、視界の右手に港が見えた。みっつの防波堤で囲まれた静かな漁港、三厩村漁港だ。海は空の青を映してどこまでも碧く、水面は鏡のように静かだった。防波堤には数名の釣り人の姿も見える。鳥の目線である。寺の山門の右手には背の高い樹が立っている。名前はわからない。幹は少し枯れている。樹齢を考えると太宰がここを訪れた際にも若木として対面したかもしれない。山門の前に「義経寺」とまだ新しい立札があった。山門には、直径五十センチもありそうな太い注連縄《しめなわ》がかけてあり、その上に渋い赤色の地に「龍馬山」と鶯色で書かれた看板がかかっていた。近代的なものと古いものの対比が不思議であった。門の左右には、木彫りの大きな仁王様が文字どおり仁王立ちしている。向かって右側は大きく口を開き、怖い表情をして威嚇している。左側は口をへの字に閉じている。いわゆる「あうんの呼吸」というものだろうか。誰の作品かは知らないが、この圧倒的な迫力を考えるときっと名のある方の作品に違いない。山門をくぐり抜けると境内の左手に身を清める手洗い場がある。銅製の小さな龍が飾ってある。口から水が出るようになっているのだろうか。きっと山門の看板の「龍馬山」と関係があるのだろう。

ほんの十メートルも歩けば堂屋にたどりつく小さなお寺だ。私は旅の安全を祈願して、海を見ながら急な石段を下りた。

義経寺を後にして、三厩駅の方へ歩いていく。じいちゃんの話だと一本道で歩いて二十分くらいで着くらしい。青森行きの三厩駅発の列車は十五時十九分、まだ四十五分もある。余裕で道路わきの家並みを眺めながら歩いていく。バッグを肩にかけているので、ベルトが肩に食い込み痛む。三厩の駅でコインロッカーに入れてくるべきだった。しかし、コインロッカーがあったか思い出せない。

歩いても歩いても道は続く。駅らしきものは見えてこない。家並みを抜け、開けたところに抜けても駅らしいものは見えなかった。とにかくまっすぐ、自分とじいちゃんの言葉を信じて歩いていくしかない。とにかく一本道をまっすぐだ。これが人生だ。信じた道を一筋に。

また、家並みに入った。久しぶりに交差点に出会った。まっすぐ進むと川があり、橋がかかっていた。時計を見ると、発車まで残り十五分。まだ駅は見えてこない。さすがに心細くなってきた。この列車を逃すと次は十七時四十七分までない。すれ違った地元のおばさんに「駅はこの方向でいいですか」と尋ねた。おばさんは「そうですよ、その橋を渡って真っ直ぐ行くと駅ですよ」と教えてくれた。橋を渡った。残り十分になったがまだ駅は見えない。あせりながらも心は妙なことを考え始めていた。普段、私は名鉄沿線に住んでいて、普通しか止まらない駅でもだいたい一時間に四本くらいは停車する。その感覚からいうと、数時間に一本しか列車がないという感覚はどんなものなのだろう。それはそれで慣れているのか。時は一歩ずつ刻まれていく。もう一度安心したくて、家の前で車を洗っている男性に聞いてみた。彼は指を前方に指し示しながら「この先真っ直ぐだ」と一言言った。陽も傾いてきて、旅人はどんどん心細くなってきたが、地元の方の言葉に後押しされて道を急いだ。こんなに時間がかかるとは思いもよらなかった。バスのおじいちゃんは「二十分くらいだあ」と言っていたし。だいたいが、「津軽」では、三厩の宿から雨の切れ間を待って太宰とN君が出発した直後、次の行で義経寺の石段の前に着いているのである。宿の玄関から義経寺までなんのエピソードもない。それを私は延々と不安に駆られながら歩き、綴ったのである。どこか文豪に勝ったような優越感に浸ってしまった。太宰よ、あなたが何の発見もなく苦痛もなくたどり着いた道のりを、私は苦悩にまみれながら今歩いているのである。

しかし、現実は現実だ。自由気ままな旅で、何の時間的しばりもないはずだったのに、安全な道を歩いていないと不安になってしまうというのが悲しかった。やはり私は飼いならされてしまった小羊なのか。たとえ、乗り遅れて真っ暗になってしまっても、それを楽しむことができるようになるまでにはなかなかなれないのだ。小説ならここで今一歩のところで乗り遅れて、次の列車までもうひと冒険行って、結局最終列車にも一瞬の差で乗り遅れて、駅の待合も保安上追い出されて、野宿することとなる。しかも、十月の終わりの青森は夜になるとしんしんと冷え込み、空腹と寒さで眠れない。おまけにどこからともなく現れた三人組の悪党にバッグと財布を奪い取られ、大事なパスポートまで……。いや、これでは沢木耕太郎氏の「深夜特急」だ。ここは日本だ。しかも、気が小さく用心深い中年のサラリーマンのひとり旅だ。物語はエキサイティングには展開していかない。そうなのだ、じいちゃんは歩いて二十分と言ったのに、駅は見えてこない。私の人生、どこでどう間違ってしまったのか。しかし、太宰も「津軽」で、「歩いてみると、しかし、津軽もそんなに小さくはない」と書いている。

ずいぶん長い時間に感じたが、やっと前方に懐かしい駅舎が見えてきた。心からほっとした。残り五分。距離は百メートルあまり。なんとか間に合いそうだ。私は旅情をひとまずバッグにしまい、現実の人となり小走りに駅舎に向かった。駅舎に入ると、すぐ券売機で切符を買った。今夜の宿のある五所川原ではなく、ひとまず青森まで買った。奥羽本線に乗り換えなければならないからだ。

### 五能線の掟

ホームを見るとすでに列車はスタンバイしていた。来るとき乗ってきたものと同じ白い列車だ。車体に赤い帯が走っている。駅舎への狭い待合所には真ん中に石油ストーブが置かれておりすでに火が入っていた。私はその炎を少し眺めてデジカメのシャッターを切った。今冬初めて見るストーブの火だ。蟹田のラーメン屋のおばあちゃんがストーブをつけてくれたが、炎は見ていない。今冬初めてのストーブの炎に決定だ！

ホームに入り、列車に乗り込んだ。十五時十九分、列車は時間きっかりに発車した。陽は西に傾きかけているが、まだまだ十分明るい。

シートの硬さをからだに感じながら、外の景色を見ていた。この町にもおそらく二度と来ることはないだろう。もし、私が作家として世の中に出ることがあり、この旅のルポが出版されたとして、車を洗っていたおにいちゃんが、この道を聞かれたのは俺だぞって覚えてくれているだろうか。

町営バスのじいちゃんにも会うことはないだろうな。あの年齢を考えるともし、再び訪れたとしてももう運転手はリタイヤしているだろうな。そんなことを考えていると感傷的になってきた。

列車が動き出した。

がくんと車体を揺らしながらその重いからだを動かし始めた。ガタンゴトン、ガタンゴトンと規則正しい音を立てながらすっかり刈り取られた田んぼ地帯を走っていく。

私は気持ちを切り替え、このあとの予定を考えた。地図を取り出し、三厩～青森～川部～五所川原までの道のりを目でたどった。JR津軽線。三厩《みんまや》、津軽浜名《つがるはまな》、今別《いまべつ》、大川平《おおかわだい》、津軽二股《つがるふたまた》、大平《おおだい》、中小国《なかおぐに》、蟹田《かにた》、瀬辺地《せへじ》、郷沢《ごうさわ》、蓬田《よもぎた》、中沢《なかさわ》、後潟《うしろがた》、左堰《ひだりせき》、奥内《おくない》、津軽宮田《つがるみやた》、油川《あぶらかわ》、青森。JR奥羽本線に乗り換え。青森、新青森、津軽新城《つがるしんじょう》、鶴ケ坂《つるがさか》、大釈迦《だいしゃか》、浪岡《なみおか》、北常盤《きたときわ》、川部《かわべ》。JR五能線に乗り換え。藤崎《ふじさき》、林崎《はやしざき》、板柳《いたやなぎ》、鶴泊《つるどまり》、陸奥鶴田《むつつるた》、五所川原《ごしょがわら》。青森から五所川原までは結構距離がありそうだ。太宰は「津軽」で「奥羽線で川部まで行き、川部で五能線に乗りかえて五時頃五所川原に着き、それからすぐ津軽鉄道で津軽平野を北上し、私の生れた土地の金木町に着いた時には、もう暗くなっていた。蟹田と金木と相隔たる事、四角形の一辺に過ぎないのだが、その間に梵珠山脈があって山中には路らしい路も無いような有様らしいので、仕方なく四角形の他の三辺を大迂回して行かなければならないのである」と書いている。

今は午後三時半。外はまだ十分に明るい。車窓から流れていく景色を見ていた。行きと同じ風景なのに帰りに見る風景はまた違って見えた。今の私は津軽の外ヶ浜を知っているのだ。本当は何も知らないのだが。真冬の凍り付くような寒さも、春の喜びも、蟹田の強い風も、短い夏の輝きも、そして秋のさみしさも。旅人の自己満足か。

バッグから町営バスのじいちゃんがくれた外ヶ浜のパンフレットを取り出した。竜飛、蟹田、三厩と今日たどってきた場所が紹介されていた。太宰が昭和十九年に取材して歩いた場所だ。

竜飛岬の紹介には二枚の岬の写真があった。二枚とも階段国道を上った丘の上からのアングルだ。そのうちの一枚はモノクロームの写真だった。漁港の反対側にどっしりと構える帯島が今と変わらぬシルエットを見せている。驚いたのは、そのふもとを見ると現在ある建物が何もないことだ。それどころか、山の周辺を走る道路もなく、その位置は日本海の白波が洗っている。漁港の入江をはさんで手前側には、平屋建ての家屋が七〜八軒寄り添うように固まっていた。写真の右下の説明を読んだ。そこには、「一九四七年の竜飛岬「帯島」」と書かれていた。一九四七年は昭和二十二年。太宰が「津軽」を取材したのが昭和十九年だからそれから三年後の竜飛岬だ。私はだんだん興奮してきて肩掛けバッグの中から小説「津軽」を取り出した。そして、太宰が竜飛を旅するページを開いてみた。「凶暴の風雨に対して、小さい家々が、ひしひしとかたまりになって互いに庇護し合って立っているのである。ここは本州の極地である。この部落を過ぎて路は無い。あとは海にころげ落ちるばかりだ。路が全く絶えているのである。」パンフレットの写真にはそれらしい家々が身を寄せ合うように部落を作り上げていた。私は、その写真を見ながら、松本清張原作の映画「砂の器」を思い出した。ハンセン氏病に罹患した本浦千代吉（加藤嘉）とその息子秀夫が村を追われお遍路となり海岸の強風の中をさ迷うシーンだ。

その下のもう一枚の写真は、上の一九四七年の写真と同じアングルで同じ場所を撮影した写真だ。違うのは撮影が最近であること、時間が夜だということ、カラー写真であることだった。帯島のふもとには埋立てにより道ができ、船着き場ができ、民宿旅館ができていた。さきほど竜飛に着いたとき、対岸に見えた「津軽海峡亭」は民宿であることをこのパンフレットは教えてくれた。

変わらないのはふたつの頂をもった帯島のシルエットと、入江の形だけだった。

パンフレットを裏返すともう一枚、竜飛岬の帯島のカラー写真が載っていた。「津軽海峡冬景色ツアー」の紹介文だった。観光客の記念写真の垂れ幕には、「平成十一年二月十三日～十四日」と書かれていた。毎年二月上旬に限定的に行われる観光ツアーのようだ。厳冬の凍えるような津軽海峡を見てみたい。この十月末にこんなに冷たい強風が吹くのだから真冬だったら……。しかし、ツアーはいやだった。知らない人たちとわいわいがやがや移動して、バスの中はカラオケで「津軽海峡・冬景色」、いやだ。もともと旅は一人旅がいいと思っている。

「津軽海峡・冬景色」の作詞は阿久悠だ。昭和の流行歌、歌謡曲全盛時代を彩った名曲の数々。私は阿久さんの歌詞が好きだ。好きな作詞家を三人あげろと言われれば、阿久悠、岡本おさみ、そして「神田川」の喜多條忠か。岡本おさみは、放送作家から作詞家に転身した方だ。岡本さんの歌詞が好きなのは商業ベースに乗らない、骨太の詞を書くからだ。人生を描くからだ。吉田拓郎とのコンビでたくさんの名曲を作っている。森進一が歌って第16回日本レコード大賞を受賞した「襟裳岬」、「旅の宿」、「おきざりにした悲しみは」、「祭りのあと」、「落陽」などである。旅に触発された歌が多い。私のめざす作詞家である。奇しくも岡本おさみも竜飛岬を歌った歌詞を書いている。「竜飛崎」（曲：吉田拓郎）で、「竜飛崎よ　どてっ腹をぶちぬかれちゃったね　丸太でかこった家族が躰寄せるこの漁村には寒く灯がついている」と書いている。

列車は津軽線を青森駅に向けて粛々と進む。聞こえるのは車輪が枕木を踏み越えていくガタンゴトンという音だけだ。その規則正しいリズムが旅愁を誘う。そのリズムがゆるやかになり止まるたび、駅をひとつずつ越えていく。時間が進み東北の先端に少しずつ夕闇が訪れていく。

これから、新青森、津軽新城《つがるしんじょう》、鶴ヶ坂《つるがさか》、大釈迦《だいしゃか》、浪岡《なみおか》、北常盤《きたときわ》と進み、川部《かわべ》で五能線に乗り換えた。青森で奥羽本線に乗り換えなくてはならない。ここがポイントだ。夜行特急あけぼので朝を迎え、一日めまぐるしく行動してきた。義経寺から三厩駅までは重たいバッグを肩にかつぎ歩きに歩いた。ガタンゴトンと眠りを誘うリズムに負けるわけにはいかない。

北常盤《きたときわ》の駅を過ぎたとき、次がいよいよ川部、乗換駅だと神経を研ぎ澄ませた。列車は川部《かわべ》駅のホームに滑り込み、乗り換え客が何人か降りた。私もそのひとりだ。乗り換えのホームでは、すでに五所川原方面に行く五能線の列車が待っていた。外はそうとう冷え込んできた。五能線のホームで列車に乗ろうとするとドアが閉まっている。「おかしいな、どうしてしまっているのだろう」とあたりを見渡すと、他の乗客が列車のドアの横にある直径五センチくらいのボタンを押した。するとドアが開き乗客が乗り込んだ。乗り込むと再びドアは閉まった。なるほど、そういうことか。私もその乗客と同じようにボタンを押し、開いたドアから列車に乗り込んだ。幸いにも席が空いていたのでそこにどっかりと座った。やれやれと思いながら一息ついていると、なため前方から強い視線を感じた。そちらを見ると、中年よりも初老に近いおばちゃんがすごい目をして私を睨んでいるではないか。一瞬私は何が起きたかわからず戸惑った。するとそのおばちゃんは視線を今私が入ってきたドアの方に向けた。

ドアは開いたままだった。そこからすっかり暮れた夜の冷気が忍び込んできていた。なるほど、そうか。ドアを閉めなければならないのかと気がついた。立ち上がり、ドアのところに行きどうやって閉めるのか考えた。答えはすぐに見つかった。外と同じようにボタンがついていた。それを押すとドアはひとりでに閉まった。私はほっとしてまた自分の席に戻った。すると、私を糾弾するように鋭い目で睨みつけていたさっきのおばちゃんが、今度は聖母のように慈悲深い目で私を見つめていた。青森の人（ここは実際には弘前だが）は、厳しいが温かい。これが、私がこのおばちゃんから学んだ教訓だ。さて、アクシデントはあったものの、とにかくこれであとは一本道。今夜の宿の五所川原に行ける。ほっとして、列車のリズムに身を任せることとした。五所川原は六個目の駅だ。昨夜から今日にかけての長い列車の旅もひとまず終わる。窓の外はもう真っ暗だ。電燈と家々の灯りがゆっくり通り過ぎていく。

## 五所川原の夜

東北の深い闇の中を列車は進み、時間どおり五所川原駅に着いた。もう町にはすっかり夜のとばりが降りていた。この五所川原は太宰の幼少期にとって、重要な町であった。太宰は「津軽」で、この町を浅草に例えている。「善く言えば、活気のある町であり、悪く言えば、さわがしい町である」と。そして、生まれた金木《かなぎ》は小石川であると例えている。しかし、駅の改札を出てホテル方面に歩く限りでは静かな町という印象を受けた。町並みもにぎやかな商店街という雰囲気ではなかったし、人通りも少なかった。太宰が幼少期のころの五所川原は、この地方の産物の集散地で人口も当時で一万人以上あったようだ。こう書くと今より人口が多いように思われるが、現在は五万五千人くらい人が住んでいるらしい。五所川原との関わりをこう書いている。「ここには、私の叔母がいる。幼少の頃、私は生みの母よりも、この叔母を慕っていたので、実にしばしばこの五所川原の叔母の家へ遊びに来た。私は中学校にはいるまでは、この五所川原と金木と、二つの町の他は、津軽の町に就いて、ほとんど何も知らなかったと言ってよい」。また、この叔母のことは、「もの思う葦」の「五所川原」にも「私は叔母に可愛がられて育ちました。私は、男ッぷりが悪いので、何かと人にからかわれて、ひとりでひがんでいましたが、叔母だけは、私を、いい男だと言ってくれました。他の人が、私の器量の悪口を言うと、叔母は、本気に怒りました」。叔母の幼い太宰に対する慈しみが、太宰の目線で語られる。そんな幼心に刻まれた記憶が、生涯、自分は女から愛される運命なのだといった自負に昇華していったのではないか。事実、「人間失格」の第二の手記で、主人公の大庭葉蔵は、竹一という級友に道化を見破られたあげく、「お前は、きっと、女に惚れられるよ」と予言された。太宰は、幼い頃から家族、叔母、子守り、女中など大勢の女性に囲まれて生きてきた。そのため女性という生き物の難解さに戸惑いながらも、女に愛される、かまわれるという感覚が心深く染みついていったのだろう。その感覚が、太宰をのちに壮絶な女性遍歴へと導いていったのだろうか。

太宰の幼少期の息遣いを探しながら私はホテルへの道を歩いた。途中で見つけた大衆食堂で、郷土料理でも何でもない豚の生姜焼き定食を食べ、コンビニでビールと水とつまみと新聞を買った。

ホテルは、サンルートパティオ五所川原だ。全一一九室、この町では大きな部類のホテルだろう。それは駅から十分ほど歩いたところにあった。出発前、ネットで調べた地図で見ると、並行して南北に岩木川が流れているが、少し距離があるのか川の匂いや気配はしなかった。駅前にも系列のサンルート五所川原がある。こちらには大浴場がありパティオの宿泊客も無料で利用できるらしい。本当はこのような東北の小都市へのひとり旅は、ひなびた温泉宿の和室が似合うのだが、予算の関係でそうも言っておられない。ビジネスホテルの狭いシングルルームも、ひとり寂しさを味わうにはむしろ適しているのかもしれない。尾崎放哉のごとく、「くしゃみをしても一人」である。いつのことだったか、職場の連中と職員食堂で昼食を食べているとき、私が「一人旅はいいよ」と勧めたところ、誰かが、

「寂しくないですか?」と聞いてきた。私は、「何言ってんの! 寂しさを味わいたくてひとり、旅に出るんでしょ」と諭した。その職員は、「へえー、そんなもんでございますかねぇ。あっしにゃ、とんと見当がつきませんや」と江戸落語の長屋のくまさんのような口調で答えた。

缶ビールのリングを開けて、ベッドの上で、明日十月三十日(月)の行動プランをノートに書いてみた。津軽鉄道で太宰治記念館に行くためには、金木という駅で降りる。朝の列車の時間を見ると、八時十五分に五所川原を出発する列車に乗らないと、次はなんと十時台しかない。朝が弱い自分のことを考慮し、余裕をもって朝六時起床、歩いて五分の場所にある別館のホテルサンルートのお風呂へ。ここには大浴場があるらしい。ホテルに戻って七時朝食、七時五十分ホテル出発、八時十五分津軽鉄道で金木へ。八時三十五分金木駅着、同四十分、太宰治記念館着、十時三十分金木観光物産館マティニーで買い物。十一時三十分、列車の時間を見て金木から芦野公園へ。レストラン、ラ・メロスで昼食。芦野公園で散策、太宰とタケの碑を見る。時間を見て午後三時半に五所川原駅へ戻る。ノートの上の旅は確実だ。小説「津軽」の足跡を完璧にたどっている。果たして実際の旅はどうなるのか。どんな出会いや出来事が待っているのか。

今日の旅を振り返り、明日の旅に様々思いを巡らせているうちに、いつの間にか日付が変わっていた。さすがに旅の疲れが出てきて睡魔が襲ってきた。私は、残ったわずかな缶ビールを飲み干すと、テレビを消して眠りについた。

## 金木（無邪気な学生たち）

翌朝六時、ホテルのアラームで目覚めた。カーテンを開け外を見ると、快晴だ。洗面所で顔を洗い歯を磨いたあと、外出着に着替えた。別館ホテルサンルートの大浴場に入るため、外へ出た。天気は晴れているが、早朝の空気は冷たい。気持ちがいい。いよいよ今日太宰の生家を訪れるのだ。サンルートに向かう足取りも軽い。

大きな湯船にゆったりつかり、ホテルサンルートパティオに戻る。一階の朝食会場に入る。ホテルの朝食会場といっても広くはない。バイキング料理でもない。席についてしばらくすると、年輩の女性が大きなお盆に乗せた朝食を運んできた。メニューは、白ごはん、ネギと海藻が入った味噌汁、焼き魚、漬物、梅干し、サラダ、湯豆腐、温泉卵である。典型的な日本の朝食である。旅先の宿で食べる朝食はいつもおいしいが、この朝ごはんは一段と心にしみた。

朝食を十分味わった後、部屋に戻り出発の準備をした。

チェックアウトして外に出た。津軽の空に陽が昇り、予想以上に暖かい。駅まで歩くと暑いくらいだ。フリースやジャケットを着ていると汗ばむくらいだ。

五所川原の町は昨夜の夜の顔とは違い、朝陽に輝いていた。津軽五所川原駅の看板の上には「ここにふるさとがある」、下には「太宰文学と安東の歴史をたどる奥津軽」と書かれた看板がぶら下がっていた。「安東」氏とは元来、津軽地方の豪族だったらしい。駅舎に入って切符を買う。金木駅までは五百三十円だった。

列車は、有名な「走れメロス号」だ。ホームには高校生らしき学生男女が結構な人数、列車を待っている。そうか今日は月曜日か。今頃、病院では週初めの朝、あわただしさを増している頃だろう。私は旅の途中、何をしても自由、全くのひとりだ。私を知っている人は誰もいない。よく芸能界の有名人が書いた本を読むと、無名なころは有名になりたいと憧れるが、いざ成功して有名になるとどこに行っても人に見られサインや写真をねだられ、自分が求めていたのはこんなものだったのかと、疲弊しきった心境を吐露している。こんな無名の私でもその気持ちはよくわかる。誰も自分のことを知らないというこの自由さは何物にも代えられない。学生たちをぼんやり眺めていると、「走れメロス号」がホームに滑り込んできた。二両編成だ。鮮やかなオレンジ色の車体にグリーンのライン。

乗り込んで、席に座った。学生たちは車中にぎやかに過ごしていたが、高校があるいくつかの駅で順番に降りて行った。学生たちがすべて降りてしまうと急に静寂が訪れた。乗客は私のほかには数える程度しかいない。無邪気な学生たちの喧騒といなくなった時の静寂。その落差に苦笑いした。走れメロス号は、別名ストーブ列車という。冬季になると列車内にストーブを焚く。今は、秋の終わり、いくら本州の北の外れとはいえまだまだ火はつかない。列車はそんな旅人の感傷など気にも留めないで、粛々と進んでいった。金木はひと駅ごと確実に近づいてきた。ひと駅前の嘉瀬に停車した時、いよいよだと胸が高まってきた。

## 太宰治記念館（夢の舞台）

「走れメロス号」は私の思いなどおかまいなしのように確実に金木駅に停車した。ホームに降りると、「ついに太宰治の故郷の地に着いたのだ」と感激がわいてきた。終点の「津軽中里」行きの白い看板を掲げたオレンジ色の車体の「走れメロス号」は、短い停車を終え発車した。金木駅は想像を裏切って新しい近代的な建物だった。木造でさびれた風情を期待していたが裏切られた。きっと昔はそうだったのだろうが、この地域随一の観光スポットだから、仕方がないのかもしれない。向かいのホームに津軽五所川原行きの走れメロス号が到着した。走れメロス号が行き、走れメロス号が来る。走れメロス号だらけだ。津軽五所川原行きは一両編成だ。津軽五所川原行きの列車が動き出し、この旅のテーマ音楽のような規則正しい枕木の音を残していった。小さくなった列車の後ろ姿を見ると、その右手には遥かかなたに岩木山のシルエットがうっすらと水墨画のように浮かんでいた。太宰も何度も何度もこの角度からこのシルエットを眺めたに違いない。東北の、特に青森の人たちにとってこの山は特別なものだろう。太宰も「津軽」のなかで岩木山のことを語っている。「津軽富士と呼ばれている一千六百二十五メートルの岩木山が、満目の水田の尽きるところに、ふんわりと浮かんでいる。実際、軽く浮んでいる感じなのである。したたるほど真蒼で、富士山よりもっと女らしく、十二単衣の裾を、銀杏の葉をさかさに立てたようにぱらりとひらいて左右の均斉も正しく、静かに青空に浮かんでいる。決して高い山ではないが、けれども、透きとおるくらいに嬋娟《せんけん》たる美女ではある」と。

近代的な金木駅の駅舎を出てこれからいよいよ、この旅のハイライト、太宰治の生家、太宰治記念館を訪ねるのだ。例の「るるぶ」によると、この館は「明治の大地主だった太宰の父、津島源右衛門が一九〇七年（明治四十年）に建てた入母屋造の建物。ヒバ材をぜいたくに使っている。二〇〇四年国の重要文化財に指定」とある。戦後になって津島家が手放し、昭和二十五年から旅館「斜陽館」として使われた。平成八年三月に旧金木町が買い取り、旅館「斜陽館」は幕を閉じた。

駅前には必ず観光地図がある。それはこの旅のいくつかの駅で学んだことだ。金木駅にもあった。手書きの本当に簡単な図だ。非常にシンプルだ。この地図を頭に入れて歩き出す。「斜陽館」までは、民家の町並みを通っていく。この辺り道が碁盤の目のように規則正しくなっていなくて、ゆるやかな曲道となっている。ついさっき頭に入れてきた地図と、実際歩いた道が合致しなくて歩き始めてすぐ道に迷ってしまった。ついに恥ずかしながら向こうから歩いてきた地元の方に聞いてしまった。太宰治を崇拝している者としては素人のようなことをしてはいけない。ただ、時と場合による。自由な旅なのに時間に追われている。時間がないのだ。今日中に「タケ」の銅像までたどり着かなくてはいけないのだ。しかも、青森空港から中部セントレア空港行きの、一九時四十五分発の飛行機に乗らなくてはいけない。

地元のおばちゃんは実に親切だった。教えられたとおり歩いていくと、広い道に出た。そこを右折して先を見渡すと、そこに突然現れた。「斜陽館だ!!」赤い屋根が青空に鮮やかだ。ついに旅のクライマックスである殿堂にたどり着いた。しかし、門前に立っても私はすぐに入ろうとしなかった。人は夢が現実になるともう少しそっとしておきたくなるものなのかもしれない。広い道路の反対側には大きな郵便局がある。私は道を渡り郵便局側から眺めた。そして、郵便局から出てきた見知らぬおばちゃんに「写真をとってもらえませんか」と頼んだ。おばちゃんは気安く「いいですよ」と答えてくれた。おばちゃんには昔から人気があるのだ。警戒心を抱かせない風貌と物腰らしい。いいや、そうではなくて青森の方はだれもやさしいのだ。昔懐かしい朱色の丸いポストの横でデジカメで撮ってもらった。もちろんバックは太宰治記念館だ。この記念館は別名斜陽館という。その由来は太宰の小説「斜陽」からきている。その小説のタイトルの「斜陽」の由来がこの記念館の中にあると聞いた。そこも要チェックだ。

斜陽館の赤い屋根瓦、煉瓦塀、塀の上から覗くように出ている見事な青々とした松を放心状態で見ていた。でもいつまでも道を挟んでここにいるわけにはいかない。ここにはいられない。我に返って道を渡り、入館券を購入しようと門をくぐった。斜陽館のみだと五百円、斜陽館と郵便局側にある津軽三味線会館の共通券だと九百円だ。このとき金木町がかの有名な津軽三味線の発祥地だと初めて知った。そういえば、演歌歌手の吉幾三さんもこの金木町の出身だった。私は迷わず共通入館券を購入して、後ろ髪をひかれながらも再び道を渡り、郵便局の横を通り奥にある津軽三味線記念館に向かった。この会館は、外観や内装を見るとまだ新しいように思った。元祖「仁太坊」こと、秋元仁太郎は八歳の時疱瘡がもとで失明し、十二〜十三歳の頃に上方から流れてきた女三味線弾きから手ほどきを受けて、三味線を弾き始めたという。館内では午前十時から三味線の実演があるようだ。時計を見るとぎりぎり間に合ったので会場の椅子に座り待った。会場はお年寄り中心に月曜だというのにまずまず混んでいた。団体の観光客だろう。席についてまもなく、舞台に若い女性ふたりが出てきて演奏を始めた。ふたりとも羽織袴で椅子に座り足を開いて三味線を弾き始めた。キレのある音色は郷愁を誘い、ここが遠く青森の地だということを思い出させた。十五分ほどの演奏が終わりふたりは舞台そでに下がった。実演が終わり会場を出て展示室に回った。津軽三味線の元祖「仁太坊」こと秋元仁太郎、その弟子、「嘉瀬の桃」こと黒川桃太郎、仁太坊の最後の弟子「弾き三味線」を得意とした白川軍八郎、三名の説明パネルがあった。津軽三味線に特別の思いを持つ者にとってはたまらない展示だろうが、「太宰の健」こと池上健二の心には路を挟んだ向こう側の「斜陽館」しかなかった。説明のパンフを時折見ながらひととおり観終わって、会館を出た。いよいよ斜陽館に再トライだ。

道を渡り、斜陽館の玄関に来た。玄関の上に交番のように白く丸い電燈がついている。その上には渋く黒っぽい地に金色で「金木町太宰治記念館　斜陽館」と浮彫された看板がかかっている。入り口を入ると真っ直ぐに広い土間が続いている。奥行きは本当に広い。ここで太宰が生まれ幼き日々生活していたと思うとからだがふるえるほど感動した。

太宰の弱さはどこにあるのか。太宰は弱き者たちの味方になろうと、マルキシズムの活動に身を投じたが、志半ばでドロップアウトしている。その一番の原因となったのが、太宰の生い立ちだ。青森県有数の裕福な家に生まれ育った太宰は、マルキシズムの非合法的政治活動を続けるには、うしろめたさが強すぎた。太宰の研究者の奥野健男氏は、新潮社文庫の解説でこう書いている。「自分はプロレタリアではなく、農民たちを搾取する大地主の子であり、『滅びる人間』『滅亡の民』であるというコンプレックス、自分は革命の戦士ではなく、滅ぼされる側の人間だという痛切な自覚、それらが太宰を絶望に追い込み、自ら命を絶とうと決意させたのだ」と。その「滅亡の民」、農民搾取の象徴が、この生家、斜陽館なのだ。平成二十一年発行の雑誌、別冊太陽「太宰治」には、「父源右衛門が、曾祖父惣助の一周忌を機に自宅を新築したのが現在の斜陽館である」と書いてある。そして、遠くからもすぐわかるような豪華な赤屋根の大邸宅で、初めて生まれた子供が太宰であるというのも、その後の太宰の生き様を考えるとなんと皮肉なことであろうか。

太宰がこの世に初めて出した創作集が「晩年」だ。自殺を前提とした遺書のつもりで世に出したという。「葉」から始まり「めくら草紙」で終わる十五の作品集である。「葉」は、フランスの詩人、ポール・ヴェルレエヌの詩の引用から始まる。自身の初めての創作集、しかも自殺を前提とした作品群の冒頭に持ってきたことに、太宰の強い思いが込められている。ヴェルレエヌもまた、その人生を顧みると、破滅型人生と言えるのではないか。晩年には、詩人としての名が高まりデカダンス（背徳・退廃）の教祖と仰がれた。彼は一八六四年に没しているので、太宰が生まれた一九〇九年には、すでに亡くなっていた。太宰も同時代を生きたかったという心情があったかどうかはわからないが、ヴェルレエヌの「生き方」に少なからず影響を受けたのではないか。

冒頭に引用した「撰ばれてあることの　恍惚と不安と　二つわれにあり」。

この詩で自分の初めての創作集をスタートさせた太宰の心情はわかるような気がする。青森津軽の大地主の子として生まれた我が身は、まさに撰ばれた者だ。自我が目覚めるまでの子供時代には、恵まれた出生の喜びを感じたこともあったかもしれない。乳母や叔母や子守のタケなど、大勢の使用人や家族に囲まれ、豊かさを享受する恍惚感を覚えたのだろうか。このあたり、作品「思い出」に詳しく書かれている。しかし、精神の成長とともに、自分たちは弱い立場である小作農たちから搾取する存在であることを知った。自分の人生に対する強い不安を持ち、罪悪感に満ちた人生が始まるのである。恍惚と不安。もうひとつの私の解釈は、小説家としての才能を持った恍惚と、背徳で無頼ゆえの、世の中に対する不安である。不安は、芥川龍之介が服毒自殺した動機、「将来に対する唯ぼんやりした不安」にも通ずるかもしれない。太宰は、「恍惚と不安」という言葉に終生こだわったのだと思う。その証拠に、昭和十六年一月に文学界に発表した「東京八景」で、「恍惚と不安の交錯した異様な胸騒ぎ」、「いたずらに恍惚と不安の複雑な溜息」と、二度にわたりこのキーワードを使っている。

余談だが私も、この詩を毎年四月の新採用職員オリエンテーションの時の枕詞に使っている。「今の皆さんは、当院に撰ばれて採用された喜びと、同時に仕事や人間関係に対する不安を抱えていると思います……」という具合だ。ヴェルレエヌも太宰も聞いたら呆れるくらい軽い、まるで落語の枕詞のように使っている。なんの苦悩もない引用で、深く自省の念にかられる。

斜陽館の二階の廊下は狭い。明るいガラス窓から広い中庭が見える。池がある。紅葉がきれいだ。赤く燃え立ち、落ち着いた色調の中庭でひときわ目を引く。池に向かって白い大きな飛び石が続いている。

二階の和室。母「夕子《たね》」の居間であるが、次男の英治は書斎と呼んでいたらしい。夏休みになると大学での勉強のため家を離れていた兄弟が集まり、小説を読んだり、菓子を食べたりしていたという。和室の奥の仕切りは襖《ふすま》であり、一面に漢詩が書かれている。右から三枚目の襖に書かれている漢詩の最後の行に「斜陽」の二文字が書かれている。小説「斜陽」はここから引用したと言われており、「斜陽の間」とも言われている。

二階の金襖の日本間。「津軽」で太宰が生家を訪ねて、この日本間で長兄や次兄と食事をしながらお酒を酌み交わす場面がある。斜陽館のパンフレットの家系図によると、太宰家には長男総一郎と次男勘三郎が生まれたが、総一郎は生後四十日で、勘三郎は生後七日で死亡しており、事実上の長兄は三男文治、次兄は四男英治である。ちなみに太宰は六男であり、すぐ上の兄五男圭治は二十七歳で死去している。太宰は、「兄弟の間では、どの程度に礼儀を保ち、またどれくらい打ち解けて無遠慮にしたらいいものか、私にはまだわかっていない」と胸の内を吐露している。また、「金木の生家では、気疲れがする。また、私は後で、こうして書くからいけないのだ。肉親を書いて、そうしてその原稿を売らなければ生きていけないという悪い宿業を背負っている男は、神様から、そのふるさとを取り上げられる。所詮、私は、東京のあばらやで仮寝して、生家のなつかしい夢を見て慕い、あちこちうろつき、そうして死ぬのかもしれない」と我が身を嘆いている。余談だが、この心情は、私が好きなもうひとりの私小説家、車谷長吉《くるまたにちょうきつ》の思いと同じである。小説家として本物になれるかどうかは、ここのあたりの覚悟が決まっているか、腹が据わっているかによって別れるのだろう。太宰は、この金襖の日本間でも、蟹田から持ってきた蟹をここで出すかどうか躊躇している。太宰と嫂《あによめ》とのやり取りを聞きとがめた長兄が「かまいませんよ。持ってきなさい」と言い、自身で真っ先に蟹の甲羅をむくところを見て、やっとほっとしているのだ。

二階の洋間。太宰が金木の生家を出て、青森の中学校に進学していた四年間、夏休みには生家に戻ってきたときのことが「津軽」に書かれている。「中学時代の暑中休暇には、金木の生家に帰っても、二階の洋室の長椅子に寝ころび、サイダーをがぶがぶラッパ飲みしながら、兄たちの蔵書を手当たり次第に読み散らして暮し、どこへも旅行に出なかった」と。

それぞれの部屋にその瞬間の空気と思いを感じながら、時間をかけて見て回った。私の目の前には、その時その時の太宰が現れ酒を飲んだり、蟹を食べたり、サイダーをがぶ飲みしていた。ここがこの旅のピークなのかもしれないと感じた。

時は無情にも流れていく。現実に背中を押されるように私は階段を下りた。仏間では係の人が団体客に仏壇の説明をしていた。座敷と茶の間を回って板の間に降りた。

板の間の隅にある台所跡を右手に見て、蔵の前に来た。現在は文庫蔵展示室となり貴重な資料を展示する空間となっている。蔵へ上がる石段の横には「蔵の石段」として、太宰が幼い頃、この石段の下でご飯を食べていたことが「津軽」の文章を引用して解説されている。階段を上り展示室に入る。そこには太宰ファンには垂涎もののゆかりの品が展示されている。たとえば、津島れい夫人あての書簡には、「芸術という悪魔にとりつかれ、この二、三日ろくろく眠らず仕事と取り組んでおります。なんの役にも立たない『いい小説』を作ろうとして死ぬばかりの苦しみをしております」、「時間はありがたいものです。どんどん過ぎてゆきますから」と憔悴しきった心情を吐露している。長兄文治にあてた手紙では、「芥川賞、ほとんど確定の様にておそくも九月上旬に公表のことと存じます」と、今思えば悲しすぎる報告をしている。芥川賞の選考が原因で何かと確執が生まれた川端康成へは「何卒私に與えて下さい」と。青森の友人、「津軽」のN君こと中村貞次郎への手紙や、硯や机やマントなど愛用の品々が展示されている。堪能して、堪能して、堪能しても、まだ飽き足らず、もう一度見直して、乾きかけの糊を無理やり引っ剥がすように離れようとしたその時、奇跡のような瞬間に出会った。同じように展示ガラスを見つめている女性がいた。昨日の竜飛の女性だと瞬間的にわかった。やはり、ベージュのコートを着てワインカラーのマフラーを身に着けている。年齢は三十半ばくらいだろうか。カバンは大きめの旅行バッグだ。地元の人じゃなさそうだ。やはりひとりだ。熱心に展示されている太宰のハガキに見入っている。私は迷ったが奇跡的に再開したのも何かの縁だ。思い切って声をかけた。「あの、太宰がお好きなのですか?」。女性は突然の出来事に一瞬びくっとしたが、すぐ私の方を見て人畜無害そうで安心したのか、少し表情を緩めて「ええ。あなたも?」と逆に問いかけてきた。私は「そうです。太宰の生家を見たくて名古屋から来ました」と、「津軽」

の足跡をたどる旅であることを明かした。彼女は「そう、名古屋から?」と聞き返してきた。いや、聞き返したのではなく、独り言のようだった。私は「あなたも旅行ですか?」と聞いてみたが、彼女は「そう」と言っただけでどこから来たとは言わなかった。言いたくないのだと解釈し、会話はそこで途切れてしまった。昨日、竜飛で見かけたことは言わなかった。彼女も気がついていなかったようだし、それを言えば、運命の再開と思うよりは、ストーカーじゃないかと警戒されるのがオチである。それでも、そのまま「では、気をつけて」と言うのはあまりにも寂しく、「あの、お願いがあるのですが、外の板の間に太宰のマントのレプリカが記念撮影用に置いてあるので、写真を撮ってくれませんか?」と頼んでみた。彼女は嫌がりもしないで二つ返事で了解してくれた。ふたりで蔵の階段を降りるとき、香水のいい香りがした。私はいそいそと撮影用のマントを身に着け、デジカメを渡してシャッターの位置を教えてポーズを撮った。彼女は「チーズ」と決まり文句を言ってからシャッターを切った。「君はいいの?」と聞くと「私はけっこうです」と答えた。写真を撮ってもらいそのやり取りが終わると、もうほかに話すことがなくなってしまった。今度こそ、「では、気をつけて」と言うしかない。私は言いたくなかったその一言を言って彼女と別れた。彼女はまた文庫蔵の方に歩いていった。そうだ、まだ展示物を見ている途中で声をかけてしまったのだ。この旅を続けていればまたどこかで逢えることもあるだろうか。しかし、もう今夜の便で名古屋に帰るのだ。

私は後ろ髪を引かれる思いで斜陽館から出た。いいや、「ココロノコリだけが人生なのだ」斜陽館を出て、道を渡り郵便局の並びにある金木観光物産館のマディニーに入った。目的はもちろん太宰関係のお土産と昼食だ。斜陽館の絵葉書セットと図説太宰治を購入する。お店の包装紙の解説を読むと、店名の由来が書いてあった。「マディニーとは、津軽弁で『ていねいに』という意味です。御来町、御来館のお客様を大切にていねいにおもてなすという意味で名付けました」とあった。マディニーの中にある郷土料理のお店「はな」で遅い昼食をとる。メニューに「太宰らうめん」とある。もちろんそれを注文する。地元の食材で作られているらしい。しばらく待つとらうめんが届いた。中には、茹でた長細い筍の若芽が五本、青海苔、細かく刻んだネギが入っている。申し訳程度にチャーシュー一枚も。青海苔とネギが表面を占拠し、面やスープは一切見えない。柄の長い木製のレンゲで表面を割りスープを一口飲んでみた。あっさりしたしょうゆ味だ。蟹田で食べたおばあちゃんのラーメンが野趣あふれる大胆なラーメンなら、こちらは上品で繊細なラーメンだ。

## 雲祥寺とたけ

太宰らうめんを堪能して外に出た。このあとは「津軽」で引用されている「思い出」という作品に登場する雲祥寺《うんしょうじ》に行くことにした。地図によると寺は同じ通りにあり歩いてすぐだ。雲祥寺は、太宰が幼少の頃、子守として津島家に雇われた越野たけに連れられて、よく境内で遊んだ寺だ。寺の山門には、「常懐悲観」「心道醒悟」の言葉が掲げられている。「人は悲しみに打たれることによって醒め悟る者となる」という意味らしい。

山門は土台の柱は華奢であるのに二階の大屋根は想定以上に大きい。見るからに不安定で、これじゃ大きな地震が来たときには崩れ落ちるのではないかと心配するほどだ。

たけは、太宰に読書と道徳を教えた。その道徳を教えるとき、この寺の地獄極楽の御絵掛地を見せて説明したと「思い出」に書いている。「嘘を吐けば地獄へ行ってこのように鬼のために舌を抜かれるのだ、と聞かされたときには恐ろしくて泣きだした」と思い出している。私は境内で太宰が子守のたけと睦まじく遊んでいる姿を想像した。越野たけ。太宰の「津軽」のクライマックスを飾る女性。その心情を「津軽」でこんな風に吐露している。「こんどの津軽旅行に出発する当初から、私は、たけにひとめ逢いたいと切に念願をしていたのだ。いいところは後廻しという、自制をひそかにたのしむ趣味が私にある。私はたけのいる小泊の港へ行くのを、私のこんどの旅行の最後に残して置いたのである」と。私にも同様の性向がある。目玉焼きを食べるとき、おいしい黄身はつぶさずに最後まで取って置き、いざ白身がなくなったそのときに丸ごと口に放り入れるのである。しかし、そんな私の性向も、時間の流れには勝てず、どう考えても小泊までは行けそうもない。小泊まで行くには、このまま金木から津軽鉄道に乗って終点の津軽中里まで行き、そこから弘南バス小泊行きに乗りかえ約一時間十分かかるのだ。もう青森空港に向けて帰路につかないと午後七時四十五分発のセントレア行きの飛行機には乗れない。「津軽」のクライマックスを体感できず、私はこの地を去る。小泊どころか、太宰が生家滞在中に、取材して回った高流《たかながれ》、鹿の子川溜池《かのこがわためいけ》、木造《きづくり》、鳴沢《なるさわ》、鰺ヶ沢《あじがさわ》、深浦《ふかうら》などの金木近辺や西海岸に足を運ぶこともできなかった。これでは、目玉焼きの黄身だけ残してお皿を下げられてしまうようなものだが、所詮、日程に無理があったのだ。無念だがしかたない。

それに、せっかく雲祥寺を訪れたのに、寺の裏まで回ることを失念してしまった。「思い出」によると、寺の裏の卒堵婆《そとば》には、「満月ほどの大きさで車のような黒い鉄の輪のついているのがあって、その輪をからから廻して、やがて、そのまま止まってじっと動かないならその廻した人は極楽へ行き、一旦とまりそうになってから、また、からんと逆に廻れば地獄へ落ちる」と子守りのたけに教えられた。幼い太宰は、何度廻しても逆廻りした日があり、最後には絶望して立ち去ったとある。このからんからんを私もぜひやらなければならなかった。たとえ、地獄行きが言い渡されても、これはやっておかねばならなかった。

## 帰路

私は鉄の輪のことなどすっかり忘れたままで、雲祥寺を出た。いよいよ金木駅に向かうこととした。津軽五所川原行は午後二時二十七分だ。そのあとは、午後三時二十五分、午後四時二十分と続く。反対方面の津軽中里行きは午後二時二十六分だ。この金木駅ですれ違うらしい。

金木町は小さな町だが、この町出身の有名人はけっこういる。最も有名なのはもちろん太宰治だが、その他には演歌歌手の吉幾三（昭和二十九年金木町嘉瀬で生誕）、古川《こがわ》純一（昭和四十七年金木町喜良市で生誕、ノルディック複合スキー元日本代表選手）、二子岳武（昭和十八年金木町嘉瀬で生誕、大相撲の元小結、横綱大鵬の付き人）、白戸栄之助（金木町朝日山出身、民間飛行機操縦者第一号）などがいるらしい。

金木駅のホームで津軽五所川原行きの列車を待っている。津軽五所川原駅方面を見ると、来た時と同じように遥か遠くに岩木山のシルエットが浮かんでいる。少し青みがかったグレーだ。来た時に見た色と少し変わっていた。時間の変化によるものか、天候の移り変わりによるものか、色が濃くなっていた。

駅周辺の田んぼでは刈り取り後の根を焼いている。白い煙が風でゆっくりと流れていく。旅情たっぷりだ。日本の原風景だ。今度来る津軽五所川原行きの「走れメロス号」に乗ればこの旅も終わる。たけの銅像には会えない。「ココロノコリだけが人生だ」。

駅のホームにある看板に、岩木山に関する「津軽」の文章が書かれていた。前述したが、あらためて引用すると、「津軽富士と呼ばれている一千六百二十五メートルの岩木山が、満目の水田の尽きるところに、ふんわりと浮かんでいる。実際、軽く浮んでいる感じなのである。したたるほど真蒼で、富士山よりもっと女らしく、十二単衣の裾を、銀杏の葉をさかさに立てたようにぱらりとひらいて左右の均斉も正しく、静かに青空に浮かんでいる。決して高い山ではないが、けれども、透きとおるくらいに嬋娟《せんけん》たる美女ではある」。この文章を読んで再び山を眺めると、つくづく名文だと感慨深く、私は今、歴史の舞台に立っているような感じがしてきた。

ひょっとしたら斜陽館で逢った女性に駅でまた逢えるのではないかと思っていたが、女性の姿はなかった。世の中、そんなうまくいくはずはない。

岩木山方面と反対側から列車がやってきた。すると、列車の音に驚きいっせいに線路の周辺から飛び立った黒い影があった。カラスだ。その数はざっと見ただけでも百羽はいるだろう。夕暮れの寝床が近いのか、それとも何か穀物の種でも撒かれているのか、カラスたちは飛び立ったあとも遠くへ飛び去る様子もなく空中を浮遊している。そのカラスの群れの中を列車がくぐるようにホームに近づいてきた。カラスたちは再び線路周辺に降り立ったようだ。カラスと列車。その一連の画像は、テレビの紀行番組「遠くへ行きたい」のメロディとタイトルを思い出させた。

帰り道は簡単だ。旅情を味わった往路と違って、事務的で合理的で無機質だ。津軽鉄道で津軽五所川原駅に着いたら、青森空港行きの空港バスに乗るだけだ。

## 青森空港（旅の終わり）

青森空港に着いた時は、もう夕暮れが迫っていた。暮れゆく西の空にはうっすらと雲がかかり茜色に染まっていた。中部セントレア空港行きＪＡＬ三一四六便は十九時四十五分発だ。私は空港の待合ロビーの椅子に座って、短い旅のあれこれを思い起こしながら搭乗アナウンスを待っていた。やがて搭乗アナウンスが流れ飛行機に乗ってしまえばこの旅も本当に終わる。小説「津軽」の太宰の足跡をそのままたどる旅を志したが、終盤の小泊までは時間がなくてたどり着けなかった。小泊にある小説「津軽」の像記念館のたけと太宰の銅像にも会えなかった。青森のＴ君、蟹田のＮ君、今別のＭ君などはその存在をこの旅の小説に偲ばせることはできたと思うが、太宰が最も逢いたくて、消息を尋ねて小泊まで行く越野たけの存在は書き込めなかった。もとより不完全な筆力ではあるが、形式的にもそれを露呈した。もし、今度この地へ旅に出るなら、金木から始めよう。そして「津軽」の旅、太宰の旅を完結させるのだ。

そのとき、ロビーに搭乗アナウンスが流れた。「セントレア行きＪＡＬ三一四六便にご搭乗のお客さまは……」。

これで私の「津軽」の足跡をたどる旅はひとまず終わる。でも、まだまだ旅の途中、人生という旅は続く。

「さらば読者よ、命あらばまた他日。元気で行こう。絶望するな。では、失敬。」これは、小説「津軽」の有名な結びの言葉だ。津軽への取材旅行の約四年後、太宰は山崎富栄と玉川上水に入水して自ら命を絶った。人生という旅から永久に途中下車してしまったのだ。「絶望するな」と書いた太宰の苦悩は太宰にしかわからない。道化を演じ続けた孤高の天才文章家の行き所のない魂は今もどこかを彷徨っているのかもしれない。

搭乗アナウンスに促され、ゲートに向かう列に並ぼうと席を立った時、私は見覚えのある人影を見た。ベージュのコートとワインカラーのマフラー。竜飛岬と斜陽館で会ったあの女性だ。広い待合室の反対側、彼女も席を立ちゲートへ向かい歩き始めた。ひとりだった。やっぱり、一人旅だったのだ。そして、名古屋への便に乗り込もうとしていることに運命を感じた。彼女は名古屋の人だったのだ。私はとっさに彼女の視界に入らないように位置取りしながら、列の最後尾に並んだ。十数人ほど前、彼女は手続きを終えゲートを通った。大きめの旅行バッグを肩にかけて歩いていく彼女の後姿が見えた。竜飛岬の強風になびいていた長い髪はポニーテールに縛られ、彼女が歩くたびに右に左に揺れていた。私はゲートを通って、彼女のあとを追うように飛行機の方へ歩き出した。

太宰先生、私の旅は、まだ終わりません。

## 太宰文学の魅力

この「太宰文学の魅力」は、本作の「太宰に出逢う旅　『津軽へ』」のいわばスピンオフ(外伝)のような作品です。私は旅の途中、三日間、太宰のことばかり考えていました。列車を待つ間、列車の中で、ゆかりの土地を歩く時、ホテルのベッドの中で、などいつもです。どっぷり太宰に浸かりました。ですから、本作を書き上げたときには、必然的にこれらの文章が本文に散りばめられていました。しかし、全編を読み返してみると、その都度、長い途中下車をしているような感じがして、旅のルポとしてはあまりにもスピード感を損ねる感じがしました。そのため、評論的な記載の部分を切り取って集めて、ひとつの作品にしてみました。本作のスピンオフという由縁です。「はじめに」で「行程のときどきで途中下車するように、話が脱線するかもしれません。しかし、鈍行列車の気ままなひとり旅だからと、ご寛容な気持ちで読んでいただけるとありがたいです」と断っているのは、その名残です。

では、太宰に対してどのようなことを思ってきたのか、太宰外伝の始まりです。

## 一　太宰文学のどこに惹かれるか

### 滅びの美学

太宰の生い立ちからくる魂の葛藤に心惹かれる。太宰は県下有数の大地主の第十子、六男として生まれた。大家族と大勢の使用人に囲まれて育った彼は、中学までは明るいリーダー的な子供であったという。しかし、太宰が進学した旧制弘前高校は、当時全国でも最も左翼運動が盛んな学校であったらしい。太宰はここでマルキシズムの洗礼を強烈に受けた。同時に、自分は弱き小作農から搾取する大地主の息子であるのだと強く意識した。感じやすいこの年代に、太宰は周囲の冷たい視線を感じながら鬱々とした日々を過ごしたのだろう。この時代の魂の葛藤が、「苦悩の年間」に書かれている。「金持ちは皆わるい。貴族は皆わるい。金の無い一賤民だけが正しい。私は武装蜂起に賛成した。ギロチンの無い革命は意味が無い。しかし、私は賤民ではなかった。ギロチンにかかる役のほうであった。(中略)いよいよこれは死ぬより他は無いと思った」

「自分は『滅亡の民』である」との意識は、太宰の一生に決定的な影響を与えた。太宰の一生を音楽に例えるなら、ベースのように常に魂の根底に響いていた。しかし、それがあったからこそ、太宰治という陰のある作家が生まれたのだ。やはり物書きをめざす者に影は欠かせないのだ。私にはあるか。あるのだ、きっと。それはまたあらためて書く。

ちなみに、太宰は高校受験で挫折している。第一志望は東京の第一高校だったが、試験の点が足らずに不合格となった。そして、第二志望の弘前高校に進学した。もし、全国的にも左翼活動が盛んな同校に進学しなかったら、太宰が作家となったとしても作風は随分変わったものになった気がする。もっとブルジョア風の華やかな大作を書いたかもしれないが、作家の苦悩が反映されず、薄っぺらな作品になったかもしれない。だから、弘前高校への進学は、太宰個人のみならず、日本の文学界に影響を与えた運命だったのかもしれない。

## アナーキー、ロックな姿勢

太宰は、正当派の文壇には収まり切れない存在であった。青森中学時代に出会った芥川龍之介の作品「侏儒の言葉」に魅了され、弘前高校時代に芥川の講演を聴き感動し、芥川の自殺に衝撃を受けた。だから第一回芥川賞に対する意欲もなみなみならないものがあった。貧乏生活の身にとって、当時二千円の賞金も魅力的であった。その両面で太宰は、芥川賞を渇望していた。しかし、太宰が自信があった「道化の華」ではなく「逆行」が候補作となり、選考の結果、次点となってしまった。

太宰がアナーキーであり、ロックだと思うのはここからである。選考委員のひとりである川端康成の選評「作者目下の生活に厭な雲ありて、才能の素直に発せざる憾みがあった」に対して、敢然と反論したことである。いわく「小鳥を飼い、舞踏を見るのがそんなに立派な生活なのか。刺す。そうも思った。大悪党だと思った」と。それなのに、今度は第二回選考の前に、また川端康成宛てに手紙を送り、「晩年」での受賞を懇願しているのだ。「何卒私に与えて下さい」と、なりふり構わず泣き言も書いている。世に有名な泣訴状である。しかし結果はまたも落選。第三回目に至っては落選後、選考委員の佐藤春夫に対して、「約束があったにもかかわらず落選した」と「創世記」に書き抗議した。これに佐藤春夫も実名小説「芥川賞~憤怒こそ愛の極點（太宰治）~」を書き太宰を激しく非難した。

相手が誰であろうとおかまいなしなのである。死にもの狂いなのである。私の大好きな随筆集『もの思う葦』（新潮文庫）での「川端康成へ」で、受賞した石川達三が立派な生活人であることを揶揄しながら、「あなたは、作家というものは『間抜け』の中で生きているものだということを、もっとはっきり意識してかからなければいけない」と川端の文学に対する姿勢を強烈に非難している。

また、圧巻は同じ『もの思う葦』に収められている「如是我聞」である。文豪志賀直哉を名指しで大批判しているものである。私は「暗夜行路」、「城之崎にて」といった有名な作品が志賀直哉の作であることは知っているが、恥ずかしながら読んだことがない。他の作品も読んでいない。だから、私がどうこう言うことはできないが、「如是我聞」を読む限りでは、太宰と志賀とは文学に対する姿勢、つまり立っているところが根本的に違うのだ。太宰は書く。「おまえたち（著者注：志賀など老大家を指す）の持っている道徳は、すべておまえたち自身の、あるいはおまえたちの家族の保全、以外に一歩も出ない。（中略）私は自分の利益のために書いているのではないのである。信ぜられないだろうな。最後に問う。弱さ、苦悩は罪なりや」アナーキーである。「いのちがけで事を行うのは罪なりや。そうして、手を抜いてごまかして、安楽な家庭生活を目指している仕事をするのは、善なりや」。ロックである。太宰の言葉に得心するために、私も一度、「暗夜行路」を読んでみなくてはなるまい。

## 美しい文章

太宰文学の魅力は、なんといっても文章の美しさにある。先ごろ亡くなった小説家の車谷長吉が、水上勉との対談で太宰治をどう思うか問われ、「あの人は天才作家だと思いますね。とにかく非常に文章が上手ですね」と答えた。それを聞いた水上も「まいったでしょう？　ぼくも、まいるんですよ」と返していたのが強く印象に残っている（文藝別冊　水上勉）。

太宰はどんな書き方も自由自在にできた書き手であった。一人称の私小説、三人称の小説、女性の視線の私小説、長文、短文、リアルな自叙伝、民話、神話、他人の日記などをベースにしたリメイク。自由自在だ。

また、タイトルの付け方が巧みである。タイトルだけ聞くと、中短編も堂々の大長編のようにイメージするから不思議だ。「桜桃」、「二十世紀旗手」、「東京八景」、「富嶽百景」などなどである。また、書き出しのインパクトもすごい。一行読んだだけで読者は一気に引き込まれる。最も有名なのは、例の「メロスは激怒した。」（「走れメロス」）だ。「私は、犬に就いては自信がある。」（「畜犬談」）、「子供のころから、お洒落のようでありました」（「おしゃれ童子」）、「申し上げます。申し上げます。旦那さま。」（「駈込み訴え」）、「死のうと思っていた。」（「葉」）、「君にこの生活を教えよう。」（「彼は昔の彼ならず」）、「おわかれ致します。あなたは、嘘ばかりついていました。」（「きりぎりす」）などなど挙げていったらきりがない。太宰も書き出しの一行に神経をすり減らしたのだろうか。

## 写真写り、本当の作家

太宰ほど写真写りのいい作家は他にはいないと思っている。それはいい男（ハンサムには違いないが）という意味ではなく、どの写真も、苦悩と寂寥感に満ち満ちているからである。これこそが私が思う作家の顔である。笑った写真は少ない。時に逆光で眩しそうに眼を細めている写真があるが、笑ってはいない。数多い写真の中で、私の好きな写真を選んでみた。

◉二重回しを着て、三鷹駅の踏切ですっくと立っている写真。心中する三か月前の姿である。（昭和二十三年三月　田村茂氏撮影）

◉三鷹の自宅の縁側に腰掛け、次女里子を膝に抱き、長女園子へ愛情あふれる笑顔を向け

ている写真。（昭和二十三年四月　撮影者不明　『図説太宰治　日本近代文学館編』ちくま学芸文庫）

私がこの写真を選んだ理由は、太宰には珍しく幸せそうな笑顔をしているからではなく、そのあとに続く四枚の写真の表情の変化に衝撃を受けたからである。幸せそうな笑顔は徐々に表情がなくなり、視線は焦点が定まらず、うつろな表情に変わっていく。心中する二、三か月前である。

◉両側を短く刈り上げ、オールバック気味に立たせた油っ気のない髪と堀の深い痩せた顔の写真。（昭和十一年　撮影者不明）。太宰を主人公に映画を撮るとしたら、断然、故松田優作がいい。そう思うようになったのはこの写真を見てからである。河村隆一（「ピカレスク人間失格」太宰治役）とか、生田斗真（「人間失格」大庭葉蔵役）とかいろいろな俳優が太宰を演じていてそれぞれに素晴らしいと思うが、この写真を見てしまうと、松田優作でしか太宰の心の闇を表現できなかったのではないかと思ってしまう。研ぎ澄まされたナイフのように精悍なこの太宰の顔は、他のどの写真とも一線を画す。この当時の太宰は、急性盲腸炎の合併症の腹膜炎を患い、その鎮痛剤として使用したパビナールの中毒に苦しめられていた。この研ぎ澄まされた表情の写真は「晩年」の口絵に使用されたというから、太宰も気に入っていたのではないだろうか。映画で、ぜひ松田優作に太宰を演じてほしかった。

そして、これは太宰の話から途中下車してしまうが、もうひとり、この人にこの役を演じてほしいと熱望する俳優がいる。劇画の「あしたのジョー」の主人公、矢吹丈を俳優の佐藤健《さとうたける》に演じてほしいのだ。最近では、「るろうに剣心」や「天皇の料理番」の主役を演じた俳優だ。佐藤健を初めて見た時、「矢吹丈だ！ ジョーを演じるならこの人しかいない！」と興奮した。しかし、時遅く、すでに「あしたのジョー」は映画化（平成二十三年）されていて、ジョーは元ＮＥＷＳの山下智久が演じていた。山下もジョーの影の部分をうまく表現してすごくフィットしていた。では、佐藤健が演じたらどうなるか。まず何よりも顔や体つき（バンタム級）がジョーそのものなのである。そのまま感情移入できる。そして、眼力《めぢから》、やんちゃさ、孤独、明るさも併せて表現できたと思う。不可能だとは思うけれど、テレビドラマでもいいので、年を重ねる前に佐藤健にジョーを演じさせることはできないものか。

◉銀座のバー「ルパン」のカウンターの椅子であぐらをかいて談笑している写真。（昭和二十一年　撮影者林忠彦）。説明が必要のないほど有名な写真である。白いワイシャツにチョッキ姿。靴は兵隊靴。三鷹にある太宰治文学サロンには、このカウンターのセットが配置されてあり、私もこのセットの椅子であぐらをかき写真を撮ってもらった。太宰の表情も生気に満ちてずいぶん元気そうである。安定した精神状態で次々と傑作を書いていた頃だろうか。

## 壮絶な女遍歴

太宰の昭和十四年の短編に、「八十八夜」がある。その初めの方に、「めちゃなことをしたい。思い切って、めちゃなことを、やってみたい。私にだって、まだまだロマンチシズムは、残って在る筈だ」という文章がある。主人公の中年作家、笠井一氏（太宰の分身）の心情吐露のセリフである。三十五歳で髪も薄く、歯も欠けてしまいすっかり老けてしまった。妻と子のためや、世間への見栄のために一生懸命に作品を書いて生きてきた。世間は自分のことを品行方正な紳士とレッテルを貼っているが、ついに爆発するのである。「けれども、いま、おのれの芋虫に、うんじ果て、爆発して旅に出て、なかなか、めちゃな決意をしていた。何か光を」と。これだからこそ読者は、太宰は自分だと思い込むのである。その後、旅であった出来事が綴られていくのだが、「めちゃな決意の果てにあるものは？」と文庫の帯に書きたくなるようなストーリー展開である。

太宰は、通常の人、特にあの時代の普通の生活をしていた男たちからみれば、とんでもない人生を送った。壮絶な女性遍歴と自殺企図を振り返る。

◉昭和四年（二十歳）高校の下宿先でカルチモン自殺未遂

◉昭和五年（二十一歳）銀座のカフェの女給、田辺あつみ（本名シメ子）と鎌倉の海岸でカルチモンを飲み入水。心中未遂、あつみは死亡。

◉昭和十年（二十六歳）大学落第、新聞社への就職失敗を苦にして鎌倉の鶴岡八幡宮の裏山で縊死を企てるも失敗。

◉昭和十二年（二十八歳）妻小山初代の姦通に衝撃を受け、谷川温泉で心中未遂。初代と離別。「姥捨」に書く。

◉昭和二十二年（三十八歳） 太田静子と出会い交際。太田の日記をもとに代表作のひとつ「斜陽」を執筆。三鷹駅前の屋台で山崎富栄と出会う。

◉昭和二十三年（三十九歳） 太田静子との間に長女治子生まれる。認知する。六月十三日、山崎富栄と増水した玉川上水に入水。同月十九日、ふたりの遺体を発見。

五回の自殺企図（五回目に死亡）と四人の女性。太宰は、昭和十四年一月に井伏鱒二の媒酌で石原美知子と結婚している。その前年の十月、婚約直前の太宰は、井伏あてに「二度と破婚しない」趣旨の誓約書を送っている。実は、私はこの誓約書が晩年の太宰を苦しめ、結局は山崎富栄との心中に駆り立てたのではないかと思っている。もう二度と過去の過ちを繰り返さず、つつましやかに一般市民の小さな幸せを守っていこうと決意した太宰、どんなことがあっても、妻と別れることはしないと誓った太宰であった。「東京八景」にも「この家一つは何とかして守って行くつもりだ」と書いている。しかし、前述したように、亡くなる直前に太宰は、志賀直哉などの老大家を批判する随筆「如是我聞」で、こんな辛辣な言葉を発している。「おまえたちの持っている道徳は、すべておまえたち自身の、あるいはおまえたちの家族の保全、以外に一歩も出ない。（中略）手を抜いてごまかして、安楽な家庭生活を目指している仕事をするのは、善なりや」。また、短編「家庭の幸福」の最後の一行を、「曰く、家庭の幸福は諸悪の本《もと》」と締めくくっている。

妻を持ち、子を持ち、やっと安らげる場所（家庭）を持った太宰だが、「太宰治」という不世出の小説家の本能は、そういった安らかなものとは相いれないことを自ら知っていたのだ。無頼で放蕩で破滅型で滅亡の民である自身のアイデンティティ（太宰文学）を自らの死によって立証したのであろう。死のほぼ直前の時期に、何かに憑かれたように書き続けた「如是我聞」に太宰渾身の魂が込められている。

## 太宰の性的模写

華やかな女性遍歴に基づいたリアルな自伝的小説が多い割に、太宰の小説や随筆には性的模写の場面は少ない。しかし、その少ない場面での表現はとてもエロティックだ。直接的な言葉を使わないからこそ逆に想像力が刺激され興奮するのだ。たとえば、「晩年」の「葉」には、「婆様は私を抱いてお寝になられるときには、きまって私の両足を婆様のお脚のあいだに挟んで、温めて下さったものでございます。或る寒い晩なぞ、婆様は私の寝巻をみんなお剥ぎとりになっておしまいになり、婆様御自身も輝くほどお綺麗な御素肌をおむきだし下さって、私を抱いてお寝になりお温めなされてくれたこともございました。」とある。婆様の夜目にも白い素肌が目に見えるほどである。また、この婆様が、太宰の姉とお婿さんの初夜の閨《ねや》を廊下からそっと覗いている場面の模写も、沈黙の中のエロスを強く感じる場面だ。同じくその祝言の晩、父が背の高い芸者と離座敷《はなれ》の真っ暗な廊下でお相撲を取っていたのを記憶していて、幼心に父はけっして弱いものいじめをするような人じゃないから、きっとあれは芸者が何か悪いことをしたからお父様が懲らしめていたのだろうと述懐する。この部分を読んだとき、最初は意味が分からずさらっと読み過ごしてしまった。しかし、二度読みした時、エロスとはこういうことを言うのだなと得心した。

さらに「思い出」には、太宰の性の目覚めを描いている。「学校に入ってからの私は、もう子供ではなかった。裏の空屋敷には色んな雑草がのんのんと繁っていたが、夏の或る天気のいい日に私はその草原の上で弟の子守から息苦しいことを教えられた。」太宰のヰタ・セクスアリス（森鴎外）である。

最後の完結小説「人間失格」にはこんな表現が使われている。妻のヨシ子が犯されているのを発見する場面。「自分の部屋の上の小窓があいていて、そこから部屋の窓が見えます。電気がついたままで、二匹の動物がいました。」こんなさらりとした表現のなかに、なんとも艶めかしい情景が浮かぶ。息遣いまで聞こえてきそうだ。また、アルコール依存から逃れるために、モルヒネ中毒となった主人公の葉蔵が、薬屋の奥さんにモルヒネを懇願する場面。「深夜、薬屋の戸をたたいた事もありました。薬屋の奥さんと文字どおりの醜関係をさえ結びました。」生活に疲れた風情の、足に障害がある薬屋の奥さんが、薬も唇も体も拒みながらも、だんだん哀れな男にほだされていってしまう。この絶望的なダメ男の苦しみを、今救えるのは自分だけなのだと、この奥さんもまた地獄の入り口を覗いてしまうのだった。「醜関係」とは、なんと想像力をかきたてる表現だろう。

## 道化

太宰は、生涯「道化」という言葉や概念を繰り返し使い、こだわっている。たとえば、「却っていつも芝居をしているように、自分をくだらなく見せるというような、殆ど愚かといってもいいくらいの努力をして生きてまいりました」(「もの思う葦」我が半生を語る)や、「誰か僕の墓碑銘に、次のような一句をきざんでくれる人はいないか。『かれは、人を喜ばせるのが、何よりも好きであった!』僕の、生まれた時からの宿命である」(正義と微笑)。また、「世の中から変人とか奇人などといわれている人間は、案外気の弱い度胸のない、そういう人が自分を護るための擬装をしているのが多いのではないかと思われます」(「もの思う葦」私は変人に非ず)。私が衝撃を受けた場面は、「人間失格」の一場面である。鉄棒でできるのにわざと派手に失敗して、みんなから大笑いされた。得意げな太宰少年にむかって、誰かが「ワザ、ワザ」とつぶやいた。太宰少年は、道化を見透かされた恥ずかしさにいたたまれなくなる。人間恐怖という正体を道化で隠ぺいしてきたことを知られることは、大庭葉蔵(太宰)にとって何より恐ろしいことであった。

誰もが心の闇を隠して生きている。少年少女たちは、仲間とはぐれないために自我を押し殺し、不毛な友達ごっこを日々繰り返している。地下鉄などで見かける学生たちのふざけ合い、もたれ合いの結末はどうか、仲間が降りてしまい、ひとりになったときのうつろな表情は何を物語る。ビジネスパースンも然り。人間恐怖をじっと押し殺して、良好な人間関係を維持するために神経をすり減らして精一杯のサービスを行う。道化こそ自分の正体を隠し、この世の中で人間とつながることができる最高で唯一の手段なのだと思う。

## 二　私の好きな作品（本当はみんな好きだが）

私の好きな太宰の作品を挙げよう。非常に迷う。どれも落とせないほど面白く心にぐさりと一撃を食らわしていくからである。それに太宰は短編が多く、そのどれもが面白い。特に読者に語りかけてくるような語り口のものは読みやすく、気がつくと太宰と自分の一対一の世界にはまり込んでいる。太宰の術中に落ちている。したがって、好きな作品を十作に絞り込んで選ぶなんてことは、どだい無理な話だが、次に選ぶ機会があったときにはすべて入れ替わってもいいというルールのもとに、今の心境で選んでみよう。

次の十作である。「津軽」、「人間失格」、「きりぎりす」、「畜犬談」、「東京八景」、「禁酒の心」、「随筆集『もの思う葦』（新潮文庫）」、「晩年」、「八十八夜」、「書簡集」。

「津軽」は、昭和十九年、太宰が三十五歳の時の作品である。この作品については、もう説明する必要がないだろう。私に「太宰に出逢う旅（津軽へ）」を書かせた作品である。

「人間失格」は、昭和二十三年、三十九歳の作品である。太宰が死ぬ約一か月前に完成している。太宰の最も有名な代表作であるから、説明は不要だろう。「人間失格」は、太宰の代名詞のようなものである。この作品こそ太宰を知るために最適であり、先入観なしに読んでいただきたい一作である。

「きりぎりす」は、昭和十五年、太宰三十一歳の時の作品である。得意の女性の一人語りの手法を使っている。書き出しの、「おわかれ致します。あなたは、嘘ばかりついていました。」で、読者は一気に自分が女に三行半を突き付けられた気になる。作品は売れないが清い心を持った画家と結婚した妻の一人語りで話が進む。この時代の太宰は、石原美知子と結婚し安定した心情で良い作品を次々と産み出していた。新潮文庫の解説で、評論家の奥野健男氏は、売れて俗物化する自分に対する自戒の意味を込めて太宰自身が自虐的に書いたと評している。それと同時に、「今日読むと、夫の俗物化より、女の自分の理想に対する執念の方が、おそろしさをもって迫ってくる」と書いている。私は、スティーブン・キングの心理的恐怖映画「ミザリー」を想像してしまったが、それは行き過ぎだろうか。どうして、「きりぎりす」というタイトルにしたのか、最後まで読まないとわからない。その意味を深く掘り下げると、あらためておそろしさがじわじわ迫ってくるのである。

「畜犬談」は、昭和十四年、太宰が三十歳の時の作品である。雑誌ダ・ヴィンチで、芥川賞をとった又吉直樹氏も面白いと紹介していた。又吉氏は主人公同様、自分も「犬が苦手」

だったが、物語のラストで、「犬好きに感情移入するんです。どんだけ僕の感情をかき乱すねん！という素晴らしい小説ですね」と絶賛する。太宰作品はどれも読みやすいが、犬好きな私には、特にこの作品は（犬に！）感情移入できて大好きな短編である。主人公の男（これも太宰自身の投影か）は、犬が大っ嫌いでその存在に恐怖感さえ抱いている。だが、ひょんなことから子犬に懐かれ、結局飼うことに。ここからしばらく、男と犬との日常が描かれていく。男は妻に、犬に対する悪口ばかり言うが、「少し姿が見えなくなると、『ポチはどこへ行ったろう』と大騒ぎするじゃないの」と逆に気持ちの変化を見透かされる。しかし、男と犬の平穏な日々にある出来事が発生し、物語は一気に加速する。クライマックスは読んでのお楽しみ。

「東京八景」は、昭和十六年、太宰三十二歳の作品である。妻美知子との結婚生活も安定し、この年の六月に長女園子が生まれている。その安定した心情のときに、太宰は、東京へ出てからの十年間の身悶えるような、また、地面を這いずり回るような我が人生をドキュメントとして書き残した。作品の中で、太宰はこの作品に対するモチベーションを、「東京八景。私はそれを、青春への訣別の辞として、誰にも媚びずに書きたかった」と記している。短い自伝的小説だが、過去と訣別した太宰の、「再出発」への力強い宣言が感じられる。私にとって、特別な位置づけの作品である。

「禁酒の心」は、昭和十七年、太宰が三十三歳の時の作品である。新潮文庫では、「ろまん燈籠」に収録されている六頁くらいの短編である。太宰の酒に対する心情が投影され、多分に随筆的でもある。なぜ、この短編を選んだかについては少々説明を要する。初めて読んだとき、これは落語だと思った。しかも、そのまま高座に上げてもおかしくないほどの古典の名作だとさえ思った。太宰はその生き様が鮮烈だから、センチメンタルで暗い作風だと思われている。それは間違ってはいないが、ユーモアが散りばめられた明るい作風のものも意外に多い。特に心身ともに安定した中期の作品群に多い。酒といえば、五代目、古今亭志ん生（故人）だ。この作品を、落語風にアレンジして、志ん生に演じてもらいたい。

「もの思う葦」（新潮文庫）は、正しくは、昭和十年、太宰が二十六歳の時に文芸誌「日本浪漫派」に連載した随筆集「もの思う葦」と「碧眼托鉢」と「その他の随想集」を文庫一冊にまとめたものである。合計四十九作の随筆が収められている。このなかに、必読すべし「如是我聞」、「川端康成へ」、「わが半生を語る」など、太宰を知るための貴重な作品が入っている。再読するたびに発見がある。旅に出るとき、この随筆集だけ持っていけば、私は随分楽しめると思っている。

「晩年」は、昭和十一年、太宰が二十七歳の時に発刊した第一創作集である。死を前提として書いた遺書のような位置付けのものである。なかには、「葉」、「想い出」、「道化の華」、「彼は昔の彼ならず」などの作品が収められている。太宰はこの作品群に対して特別な思いを記している。いわく、「私はこの短編集の一冊のために、十箇年を棒に振った。まる十箇年、市民と同じさわやかな朝めしを食わなかった。」「晩年」を選んだのは、太宰の記念すべき第一創作集ということもあるが、三十九歳直前に亡くなるまで、数々の作品を世に出した太宰の、第一創作集でありながら集大成である作品集だからである。集大成という評価には、作品のバラエティも含んでいる。その後、太宰が取り入れた数々の手法の原点がここにある。

「八十八夜」は、昭和十四年、太宰が三十歳の時の作品である。この作品の主人公の小説家、笠井一氏は、太宰本人ではないにしても、太宰の心情がかなり投影されているに違いない。創作に行き詰った笠井氏は生きることに希望を見いだせず、ひとり旅に出る。「めちゃなことをしたい。思い切ってめちゃなことをやってみたい」と心に無頼を秘める旅である。行先は信州の上諏訪温泉。数年前一度だけ宿泊して、知っている女中さんがいる旅館に今回も泊まる。めちゃなことをやって無頼をめざした旅の結末は。読後感は人それぞれだろう。読み終わって、私はほのぼのとした気持ちになった。最後の数行が、魔術のように作品を輝かせている。

「書簡集」太宰治全集　第十一巻「書簡集」（筑摩書房版）、「太宰治　愛と苦悩の手紙」（角川文庫）

作家は作品で勝負すべきで、書簡集など出すべきではないとは、太宰の持論。「もの思う葦」の「書簡集」という随筆では、作家たるものは、作品は二の次、もっぱらおのれの書簡集作成にいそがしいようではいけないと書簡集の発行を批判している。しかし、太宰にも立派な「書簡集」（筑摩書房）が出ている。最近ではその中のいくつかを抜粋して文庫本も出ている。太宰は、稀有な手紙好きの作家だと思う。こんなことを書くと、草葉の陰で太宰が舌打ちするかもしれないが、作品に負けず劣らず、どの書簡も読みごたえがあるのである。面白いのである。メールやライン全盛のこの時代には想像もできないだろうが、紙にインクの手書きの書簡には、出し手の切羽詰まったぎりぎりの心情が込められているのである。太宰研究には欠かせない作品集である。

参考文献

津軽　新潮文庫
別冊太陽　太宰治　平凡社
東京人　増刊　三鷹に生きた太宰治　都市出版
図説　太宰治　ちくま学芸文庫
ダ・ヴィンチ　又吉直樹特集　（株）ＫＡＤＯＫＡＷＡ
太宰治全集　第十一巻　書簡集　筑摩書房
文藝別冊　水上勉　河出書房新社
晩年　新潮文庫
もの思う葦　新潮文庫
ろまん燈籠　新潮文庫
走れメロス　角川文庫
きりぎりす　新潮文庫
人間失格　集英社文庫
さよならを言うまえに　太宰治　人生のことば２９２章　河出文庫
太宰治　愛と苦悩の手紙　角川文庫
ナイフを持つ前にダザイを読め!!文豪ナビ　新潮文庫
三四郎　角川文庫クラシックス
るるぶ　青森津軽十和田湖　ＪＴＢパブリッシング

# おわりに

この本は私の二冊目の著書となりました。前作『夢をはこぶ舟』は、二〇一〇年十二月の出版でしたから、早いものでもう五年の月日が流れたことになります。その五年の間には様々な出来事がありました。最も大きなことは、やはり二〇一一年三月十一日に発生した東日本大震災でしょう。私は、当時名古屋第二赤十字病院管理局の業務部長でした。発災時、事務室が大きな船に乗っているようにゆったり揺れたのを記憶しています。これはどこかで大地震が発生したに違いないとテレビをつけました。そのあとの画面は、かつて見たことがない大惨事を伝えてきました。私たちは日赤病院の職員ですから、すぐに院内災害対策本部を立ち上げ、救護班やＤＭＡＴ（災害派遣医療チーム）の派遣の準備に入りました。その後、長期にわたり日本赤十字社の総力をあげて被災者の救護や支援にあたりました。私事ですが、福島第一原発の一号機が爆発した翌三月十二日は私の誕生日でした。院内の災対本部のテレビでその映像を観て、たいへんなことになったと戦慄を覚えました。私自身も救護班の第十一班（四月二十二日から二十六日まで）で派遣され、石巻市雄勝地区で活動しました。活動の様子が少しでも伝われればと、現地で感じたことをコラムに書きました。

さて、本作りのことについて少し記したいと思います。五年前の処女作では、何もかも初めての体験で、編集者の山本直子さんにサポートしていただきながら、本作りの楽しさを味あわせていただきました。その頃は、夢がかなったことに満足して、二冊目のことなど考えてもいませんでした。しかし、前作を読んでいただいた大勢の方から、「面白かった。次はいつ出るの？」と温かいお言葉をいただくようになり、だんだん二冊目のことを考えるようになりました。それに一度禁断の世界（本作りのことですよ）を知ってしまうと、もう一度本を作り上げる楽しさと苦しさを味わいたくなってしまうのです。それはちょうど、引退を発表したボクサーが、傷が癒えたころ恍惚のリングに舞い戻ってくるのに似ているのかもしれません。

今回の「太宰に出逢う旅」は、当初は、前作同様、院内報「やまのて」に掲載してきたコラムだけで構成する予定でした。しかし、徐々にコラムだけでなく、少し長いものを入れたいなと考えるようになりました。それで、本作に書いたような状況もあり、太宰治の故郷津軽への旅の小説を書き始めました。私にとって、ここまで長い作品を書き上げたのは初めての経験でした。それは苦しくも楽しい仕事でした。また、ささやかな自信にもつながりました。

まだまだ、人生という旅は続きます。あんまり無茶はできませんが、時には自分の心の声に耳を傾けるのもいいかもしれません。「おまえは今のままで満足してるのか？ そうじゃないなら、いったい、何をやりたいのか」と。

最後になりましたが、本出版にあたり多大な励ましをいただきました方々、院内報のコラムを本にすることを快諾していただいた石川清院長、出版まで力強く伴走していただいた編集者の山本直子さん、そして、私を応援してくださる皆さますべてに心から感謝の意を捧げます。

二〇一六年二月

池上健二

太宰に出逢う旅

2016年3月12日　初版第1刷　発行

著　者　池上健二

発行者　ゆいぽおと
〒461-0001
名古屋市東区泉一丁目15-23
電話　052（955）8046
ファクシミリ　052（955）8047
http://www.yuiport.co.jp/

発行所　KTC中央出版
〒111-0051
東京都台東区蔵前二丁目14-14

印刷・製本　モリモト印刷株式会社


ISBN978-4-87758-456-6 C0095
JASRAC 出 1601674-601

池上健二（いけがみ　けんじ）

一九五七年愛知県名古屋市生まれ。県立瑞陵高等学校、水産大学校卒業。

一九八〇年、日本赤十字社愛知県支部名古屋第二赤十字病院（通称：八事日赤）に入社。総務課長、医療安全推進課長、人事課長等を経て、二〇〇七年愛知県支部に異動。事業部事業推進課長として国内災害救護業務を担当する。二〇〇九年、八事日赤に管理局業務部長として戻り、二〇一三年、管理局長兼業務部長となり現在に至る。

病院院内報に「転石《てんせき》」のペンネームでコラムを連載。趣味はサッカー。ボクシング観戦。好きな作家は太宰治、車谷長吉、村上春樹。

著書に『夢をはこぶ舟』（二〇一〇年ゆいぽおと）。

装丁　三矢千穂
写真　池上健二

ゆいぽおとでは、
ふつうの人が暮らしのなかで、
少し立ち止まって考えてみたくなることを大切にします。
テーマとなるのは、たとえば、いのち、自然、こども、歴史など。
長く読み継いでいってほしいこと、
いま残さなければ時代の谷間に消えていってしまうことを、
本というかたちをとおして読者に伝えていきます。